文学常识丛书

诙谐闲趣

翟民　主编

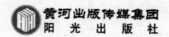
黄河出版传媒集团
阳光出版社

图书在版编目（CIP）数据

诙谐闲趣 / 翟民主编. —— 银川：阳光出版社，
2016.9（2020.12重印）
（文学常识丛书）
ISBN 978-7-5525-3041-4

Ⅰ.①诙… Ⅱ.①翟… Ⅲ.①古典散文－文学欣赏－
中国－青少年读物 Ⅳ.①I207.62-49

中国版本图书馆CIP数据核字(2016)第234863号

文学常识丛书　诙谐闲趣　　　　　　　　　　翟民　主编

责任编辑　徐文佳
封面设计　民谐文化
责任印制　岳建宁

黄河出版传媒集团
阳　光　出　版　社　出版发行

出 版 人　薛文斌
地　　址　宁夏银川市北京东路139号出版大厦（750001）
网　　址　http://www.ygchbs.com
网上书店　http://www.shop129132959.taobao.com
电子信箱　yangguangchubanshe@163.com
邮购电话　0951-5047283
经　　销　全国新华书店
印刷装订　河北燕龙印刷有限公司
印刷委托书号　（宁）0019155

开　　本　710 mm×1000 mm　1/16
印　　张　10.5
字　　数　120千字
版　　次　2016年11月第1版
印　　次　2021年1月第2次印刷
书　　号　ISBN 978-7-5525-3041-4
定　　价　31.50元

前　言

　　源远流长的中华五千年文化,滋养着生生不息的中华民族。那些饱含圣贤宗师心血的诗歌、散文 ,历经了发展和不断地丰富,融入了中华民族的血脉,铸就了中华民族的脊梁,毋庸置疑地成为宝贵的文化遗产、永恒的精神食粮、灿烂的智慧结晶。然而受课时篇幅所限,能够收入到中小学教科书的经典作品必定是极少数。为此,我们精心编辑了这一套集古代经典诗歌分类赏析、古代经典散文分类赏析为一体的《文学常识丛书》。

　　本套丛书包括:古代经典诗歌分类赏析共十册——《诗中水》《诗中情》《诗中花》《诗中鸟》《诗中雨》《诗中雪》《诗中山》《诗中日》《诗中月》《诗中酒》;古代经典散文分类赏析共十册——《物华风清》《人和政通》《诙谐闲趣》《情规义劝》《谈古喻今》《修身养性》《奇谋韬略》《群雄争锋》《逝者如斯》《天下为公》。

　　读古诗,我们会发现诗人都有这样一个特征——托物言志。如用“大鹏展翅”“泰山绝顶”来抒发自己对远大抱负的追求,用“梅兰竹菊”“苍松劲柏”来表达自己对崇高品格的追慕;用“青鸟红豆”“鸿雁传书”寄托相思,用“阳关柳色”“长亭古道”排解离愁,用“浮云”来感慨人生无常、天涯漂泊,用“流水”来喟叹时光易逝、岁月更替,用“子规”反映哀怨,用“明月”象征思念……总之,对这些本没有思想感情的自然物,古代诗人赋予它们以独特的寓意,使之成为古诗中绚丽多彩的意象。正是这些意象为古诗增添了无穷的魅力。

　　古典散文同样也散发着艺术的光辉,但更引人瞩目的是它所蕴含的思想精华,或纵论古今,或志异传奇,或微言大义,或以小见大,读后不禁让我们对古人睿智的思想和优美的文笔赞叹不已。

希望能通过这套丛书,使广大中学生对祖国光辉灿烂的文化遗产有一个更深刻的认识。

编者

目　录

作品简介

　　《国语》是关于西周（公元前 11 世纪—公元前 771 年）、春秋（公元前 770 年—公元前 476 年）时周、鲁、齐、晋、郑、楚、吴、越八国人物、事迹、言论的国别史杂记，也叫《春秋外传》。原来传说是春秋末期鲁人左丘明所作，与《左传》并列为解说《春秋》的著作。近代学者研究证实，春秋时有盲史官，专门记诵、讲述古今历史。左丘明就是稍早于孔子的著名盲史官，他讲的历史得到过孔子的赞赏。盲史官讲述的史事被后人集录成书，叫作《语》，再按照国别区分，就是《周语》《鲁语》等，总称《国语》。

　　全书二十一卷中，《晋语》九卷，《楚语》二卷，《齐语》只有一卷。《周语》从穆王开始，属于西周早期。《郑语》只记载了桓公商讨东迁的史实，也还在春秋以前。《晋语》记录到智伯灭亡，到了战国初期。所以《国语》的内容不限于《春秋》，但确实记载了很多西周、春秋的重要事件。从传授渊源来看，可以认为是左丘明所作。

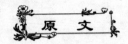

叔向贺贫

叔向见韩宣子①，宣子忧贫，叔向贺之。

宣子曰："吾有卿之名，而无其实②，无以从二三子③，吾是以忧，子贺我，何故？"

对曰："昔栾武子④无一卒之田⑤，其官不备其宗器⑥。宣其德行，顺其宪则⑦，使越⑧于诸侯。诸侯亲之，戎狄怀之，以正晋国。行刑⑨不疚⑩，以免于难⑪。及桓子⑫，骄泰⑬奢侈，贪欲无艺⑭，略则行志⑮，假货居贿⑯，宜及于难。而赖武之德⑰，以没其身⑱。及怀子⑲，改桓之行，而修⑳武之德，可以免于难，而离桓之罪㉑，以亡于楚㉒。夫郤昭子㉓，其富半公室㉔，其家半三军㉕，恃其富宠㉖，以泰于国㉗，其身尸于朝㉘，其宗灭于绛㉙。不然，夫八郤，五大夫三卿㉚，其宠大矣，一朝而灭，莫之哀也，唯无德也。今吾子㉛有栾武子之贫，吾以为能其德矣㉜，是以贺。若不忧德之不建，而患货之不足，将吊不暇㉝，何贺之有？"

宣子拜，稽首㉞焉，曰："起㉟也将亡，赖子存之。非起也敢专承㊱之，其自桓叔㊲以下，嘉吾子之赐。"

文学常识丛书

注释

①韩宣子:名起,是晋国的卿。卿的爵位在公之下,大夫之上。

②实:这里指财富。

③无以从二三子:意思是家里贫穷,没有供给宾客往来的费用,不能跟晋国的卿大夫交往。二三子:指晋国的卿大夫。

④栾武子:晋国的卿。

⑤无一卒之田:没有一百人所有的田亩。古代军队编制,一百人为"卒"。

⑥宗器:祭器。

⑦宪则:法制。

⑧越:超过。

⑨刑:法,就是前边的"宪则"。

⑩疚(jiù):内心痛苦。

⑪以免于难:因此避免了祸患。意思是没有遭到杀害或被迫逃亡。

⑫桓子:栾武子的儿子。

⑬骄泰:骄慢放纵。

⑭艺:度,准则。

⑮略则行志:忽略法制,任意行事。

⑯假货居贿:把财货借给人家从而取利。贿:财。

⑰而赖武之德:但是依靠栾武子的德望。

⑱以没其身:终生没有遭到祸患。

⑲怀子:桓子的儿子。

⑳修:研究,学习。

㉑离桓之罪:(怀子)因桓子的罪恶而遭罪。离,同"罹",遭到。

㉒以亡于楚：终于逃亡到楚国。

㉓郤(xì)昭子：晋国的卿。

㉔其富半公室：他的财富抵得过半个晋国。公室：公家，指国家。

㉕其家半三军：他家里的佣人抵得过三军的一半。当时的兵制，诸侯大国三军，合3.75万人。

㉖宠：尊贵荣华。

㉗以泰于国：就在国内非常奢侈。泰：过分、过甚。

㉘其身尸于朝：(郤昭子后来被晋厉公派人杀掉，)他的尸体摆在朝堂(示众)。

㉙其宗灭于绛：他的宗族在绛这个地方被灭掉了。绛：晋国的旧都，在现在山西省翼城县东南。

㉚八郤，五大夫三卿：郤氏八个人，其中五个大夫，三个卿。

㉛吾子：您，古时对人的尊称。

㉜能其德矣：能够行他的道德了。

㉝吊：忧虑。

㉞稽首：顿首，把头叩到地上。

㉟起：韩宣子自称他自己的名字。

㊱专承：独自一个人承受。

㊲桓叔：韩氏的始祖。

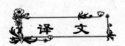

译文

　　叔向去见韩宣子，宣子正为贫困而发愁，叔向却向他表示祝贺。

　　宣子说："我空有晋卿的虚名，却没有它的财产，没有什么可以和卿大夫们交往的，我正为此发愁，你却祝贺我，这是什么缘故呢?"

叔向回答说："从前栾武子没有百人的田产，他掌管祭祀，家里却连祭祀的器具都不齐全；可是他能够传播美德，遵循法制，名闻于诸侯各国。诸侯亲近他，戎狄归附他，因此使晋国安定下来，执行法度，没有弊病，因而避免了灾难。传到桓子时，他骄傲自大，奢侈无度，贪得无厌，犯法胡为，放利聚财，该当遭到祸难，但依赖他父亲栾武子的余德，才得以善终。传到怀子时，怀子改变他父亲桓子的行为，学习他祖父武子的德行，本来可以凭这一点免除灾难，可是受到他父亲桓子的罪孽的连累，因而逃亡到楚国。那个郤昭子，他的财产抵得上晋国公室财产的一半，他家里的佣人抵得上三军的一半，他依仗自己的财产和势力，在晋国过着极其奢侈的生活，最后他的尸体被摆在朝堂上，他的宗族也在绛邑被灭绝。如果不是这样的话，那八个姓郤的有五个做大夫，三个做卿，他们的权势已经很大的了，可是一旦被诛灭，没有一个人同情他们，这是因为没有德行的缘故！现在你有栾武子的清贫境况，我认为你能够继承他的德行，所以表示祝贺，如果不忧虑道德的不曾建树，却只为财产不足而发愁，要表示哀怜还来不及，哪里还能够祝贺呢？"

宣子于是下拜，并叩头说："我正在趋向灭亡的时候，全靠你拯救了我。不但我本人蒙受你的教诲，就是先祖桓叔以后的子孙，都会感激你的恩德。"

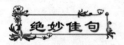

今吾子有栾武子之贫，吾以为能其德矣，是以贺。若不忧德之不建，而患货之不足，将吊不暇，何贺之有？

作品简介

　　《礼记》是战国至秦汉年间儒家学者解释说明经书《仪礼》的文章选集，是一部儒家思想的资料汇编。《礼记》的作者不止一人，写作时间也有先有后，其中多数篇章可能是孔子的七十二弟子及其学生们的作品，还兼收先秦的其他典籍。

　　《礼记》的内容主要是记载和论述先秦的礼制、礼意，解释仪礼，记录孔子和弟子等的问答，记述修身作人的准则。实际上，这部 9 万字左右的著作内容广博，门类杂多，涉及到政治、法律、道德、哲学、历史、祭祀、文艺、日常生活、历法、地理等诸多方面，几乎包罗万象，集中体现了先秦儒家的政治、哲学和伦理思想，是研究先秦社会的重要资料。

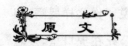
苛 政 猛 于 虎

孔子过泰山侧,有妇人哭于墓者而哀。

夫子式①而听之,使子路②问之曰:"子之哭也,壹似③重有忧者?"而曰:"然,昔者吾舅④死于虎,吾夫又死焉,今吾子又死焉!"

夫子曰:"何为不去也?"曰:"无苛政⑤。"夫子曰:"小子⑥识⑦之,苛政猛于虎也!"

注 释

①式:同"轼",车前的伏手板,这里作动词用。

②子路:孔子的弟子。

③壹似:真是,实在。

④舅:指公公。古时以舅姑称公婆。

⑤苛政:包括苛刻烦杂的政令,繁重的赋役等。

⑤小子:古时长辈对晚辈,或老师对学生的称呼。

⑦识(zhì):记住。

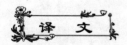

译 文

孔子经过泰山旁,有个妇人在墓前痛苦地哭着。

孔子扶着车上的横木听那哭声,叫学生子路问她说:"你这样哭啊,很像有深深愁苦的样子?"她回答说:"是的,从前我的公公死在虎口里,接着我的丈夫又被老虎咬死了,现在我的儿子还是这样死了!"

孔子听了问道:"你为什么不离开这里呢?"妇人回答说:"这里没有繁重的赋役。"孔子教训他的学生道:"你们要记住这件事,繁重的赋役比老虎更凶恶啊!"

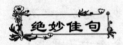

夫子曰:"小子识之,苛政猛于虎也!

文学常识丛书

作者简介

　　老子,姓李,名耳,谥曰聃,字伯阳,楚国苦县(今鹿邑县)人。约生活于前571年至471年之间。曾做过周朝的守藏史。老子是我国人民熟知的一位古代伟大思想家,他所撰述的《道德经》开创了我国古代哲学思想的先河。他的哲学思想和由他创立的道家学派,不但对我国古代思想文化的发展,做出了重要贡献,而且对我国两千多年来思想文化的发展,产生了深远的影响。

信言不美

信言①不美,美言②不信。善者不辩③,辩者不善。知④者不博,博者不知。圣人不积⑤,既⑥以为人,已愈有;既以与人,已愈多。天之道,利而不害;圣人之道,为而不争。

①信言:诚实的话。

②美言:动听的话。

③辩:巧辩。

④知:同"智"。

⑤积:储藏。此处有不吝啬的意思。

⑤既:全部。

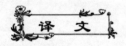

诚实的话不一定动听,动听的话不一定诚实。善良的人不会巧辩,巧辩的人不一定善良。聪明的人不炫耀自己渊博,炫耀自己渊博的人算不上聪明人。

圣人不吝啬(自己所有的东西),全部拿来帮助别人,(那么)自己愈加充实;全部拿来给别人,(那么)自己愈加会丰富。老天爷的责任是对万物有利而无害,圣人的责任是努力去做而不与人争(名利)。

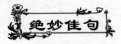

绝妙佳句

天之道,利而不害;圣人之道,为而不争。

谈谐闲趣

作 者 简 介

孟子(公元前 372—约前 289 年),名轲,字子舆,战国时邹(今山东邹县)人。他是儒家学派中思(子思)孟(孟轲)学派的主要代表,我国历史上著名的思想家。

在孟子生活的时代,百家争鸣,"杨朱、墨翟之言盈天下"。孟子站在儒家立场加以激烈抨击。孟子继承和发展了孔子的思想,提出一套完整的思想体系,对后世产生极大的影响,被尊称为"亚圣"。

《孟子》是研究孟轲生平和思想的主要资料,是由孟子的弟子们整理的孟子言论,其间杂有弟子的话语。这也是一部重要的儒家经典。

除了阐述儒家"仁"的主张外,孟子还提出了"义"的观念,提出了"性本善""养浩然之气"等一系列在中国古代思想史上有重大影响的命题。此外,它虽仍属语录体,但篇幅都已较长。它论辩犀利,逻辑严密,气势跌宕,文采飞扬,反映了我国古代诸子散文在当时的长足进步,在我国文学史上,有着重要地位。

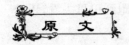
揠苗助长

宋人有闵①其苗之不长而揠之者②,芒芒然③归,谓其人④曰:"今日病矣⑤!予⑥助苗长矣!"其子趋⑦而往视之,苗则槁⑧矣。

①闵:通"悯",忧虑,担心。

②而揠(yà)之者:去把它拔高的人。

③芒芒然:疲劳得昏昏沉沉的样子。

④其人:这里指他家里的人。

⑤病矣:劳累极了。

⑥予:我。

⑦趋:快步走。

⑧槁:音gǎo,枯死,干枯。

13

从前宋国有一个人,因忧虑自己田里的禾苗长得太慢,而把它们一棵一棵拔高。他筋疲力尽、昏昏沉沉地回到家里,告诉家里人说:"今天可把

我累坏了。我帮助禾苗一下子长高了!"他的儿子急忙跑到田里去看,禾苗全都枯死了。

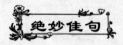

绝妙佳句

今日病矣!予助苗长矣!

文学常识丛书

五十步笑百步①

梁惠王②曰:"……察邻国之政,无如寡人③之用心者。邻国之民不加少,寡人之民不加多,何也?"

孟子对曰:"王好战,请④以战喻。填然⑤鼓之,兵刃既接,弃甲曳兵⑥而走⑦。或⑧百步⑨而后止,或五十步而后止。以五十步笑百步,则何如?"

曰:"不可。直⑩不百步耳,是亦走也。"

曰:"王如知此,则无望民之多于邻国也。"

15

①选自《孟子·梁惠王上》。

②梁惠王:战国中期魏国的国君,公元前369年至公元前320年在位。魏国国都原在安邑(今山西省夏县),惠王迁都大梁(今河南省开封市),故又称梁。

③寡人:古代君主自称。

④请:谦敬副词,意思跟现代的"请允许我……"差不多。

⑤填然:象声词,形容鼓声。

⑥曳兵:倒拖着武器。

⑦走:跑。古语"走"相当于现代语的"跑"。

⑧或：不定代词，有的，有的人。

⑨步：古代一步相当于现代的两"步"。

⑩直：副词，只，只不过，只是。

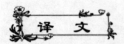

梁惠王说："……看看邻国的政治，没有像我那样关心百姓的。可是邻国的百姓不减少，我的百姓不增多，这是为什么呢？"

孟子回答说："大王喜欢打仗，请允许我用打仗来做个比方。咚咚地敲起战鼓，双方已经交锋，上阵的人丢掉铠甲拖着兵器就逃跑。有的跑了一百步停下来，有的逃了五十步停下来。如果逃了五十步的嘲笑逃了一百步的，那怎么样呢？"

梁惠王说："不可以。他们只不过没有跑到一百步罢了，这同样也是逃跑啊！"

孟子说："大王如果知道这个道理，那就不要希望百姓比邻国多了。"

直不百步耳，是亦走也。

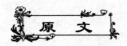

三过其门而不入

当尧①之时,天下犹未平。洪水横流,泛滥于天下。草木畅茂②,禽兽繁殖,五谷不登,禽兽偪③人,兽蹄鸟迹之道交于中国。尧独忧之,举舜而敷④治焉。舜使益⑤掌火,益烈山泽而焚之,禽兽逃匿。禹疏九河⑥,瀹济漯⑦而注诸海;决汝汉,排淮泗⑧,而注之江⑨;然后中国可得而食也。当是时也,禹八年于外,三过其门而不入,虽欲耕,得乎?

注 释

①尧:相传我国上古时期的贤明君主。下文提到的"舜"和"禹",相传也是这一时期的贤明君主。

②畅茂:非常茂盛。

③偪:同"逼"。

④敷:遍。

⑤益:人名,舜的臣子。

⑤九河:指德骇、太史、马颊、覆釜、胡苏、简、絜、钩盘、鬲津这九条河。

⑦瀹(yuè)济漯(tà):疏通济水和漯水。瀹:疏通;济:济水;漯:漯水。

⑧决汝汉,排淮泗:挖掘汝水和汉水,畅通淮水和泗水。决:打开缺口、引导水流;排:排除河道中淤塞之处。汝、汉、淮、泗都是河名。

⑨江：长江。

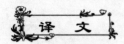

在尧那个时代，天下还不太平。洪水横流，四处泛滥；草木茂盛，鸟兽大量繁殖，各种粮食都没有什么收成。飞鸟走兽危害人类，它们的踪迹随处可见。尧特别为此而担忧，选择舜出来掌管全面治理的工作。舜任用伯益管理火政，伯益就将山野沼泽等地的草木用烈火焚烧，使各种鸟兽都逃到别处藏起来。禹又疏通了九条河，治理好济水和漯水，使它们流向大海；并挖掘汝水、汉水，使淮水、泗水排水通畅，流入长江。从此，中国才具备了从事农耕养活人民的条件。在那个时候，禹在外治理洪水八年之久，三次路过家门却无暇回去看看，（在这种情况下，）即使禹想耕种庄稼，但做得到吗？

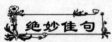

禹八年于外，三过其门而不入。

作者简介

　　庄子(约公元前 369 年—公元前 286 年),名周,字子休,战国时代宋国蒙(今安徽蒙城)人。著名思想家、哲学家、文学家,是道家学派的代表人物,老子哲学思想的继承者和发展者,先秦庄子学派的创始人。他的学说涵盖着当时社会生活的方方面面,但根本精神还是归依于老子的哲学。后世将他与老子并称为"老庄",他们的哲学为"老庄哲学"。

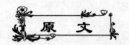
庖丁解牛

庖丁①为文惠君解牛，手之所触，肩之所倚，足之所履，膝之所踦②，砉然③响然，奏刀騞然④，莫不中音。合于桑林⑤之舞，乃中经首⑥之会。

文惠君曰："嘻⑦，善哉！技盖⑧至此乎？"

庖丁释刀对曰："臣之所好者道也，进⑨乎技矣。始臣之解牛之时，所见无非牛者。三年之后，未尝见全牛也。方今之时，臣以神遇而不以目视，官知止而神欲行⑩。依乎天理⑪，批⑫大郤，道大窾⑬，因其固然⑭。技经肯綮之未尝⑮，而况大軱⑯乎！良庖岁更刀，割⑰也；族⑱庖月更刀，折⑲也。今臣之刀十九年矣，所解数千牛矣，而刀刃若新发于硎⑳。彼㉑节者有间，而刀刃者无厚；以无厚入有间，恢恢乎㉒其于游刃必有余地矣，是以十九年而刀刃若新发于硎。虽然，每至于族㉓，吾见其难为，怵㉔然为戒，视为止，行为迟。动刀甚微，謋㉕然已解，如土委地㉖。提刀而立，为之四顾，为之踌躇满志，善㉗刀而藏之。"

文惠君曰："善哉，吾闻庖丁之言，得养生㉘焉。"

文学常识丛书

注　释

①庖(páo)丁：名丁的厨工。先秦古书往往以职业放在人名前。文惠

君:即梁惠王,也称魏惠王。解牛:宰牛,这里指把整个牛体开剥分剖。

②踦(yǐ):指用一条腿的膝盖顶住。

③砉(huā)然:象声词,形容皮骨相离声。响然:《经典释文》云,或无"然"字。今一本无"然"字,是。

④騞(huō)然:象声词,形容比砉然更大的进刀解牛声。

⑤桑林:传说中商汤王的乐曲名。

⑥经首:传说中尧乐曲《咸池》中的一章。会:音节。以上两句互文,即"乃合于桑林、经首之舞之会"之意。

⑦嘻:赞叹声。

⑧盖:同"盍";亦即"何"。

⑨进:超过。

⑩官知:这里指视觉。神欲:指精神活动。

⑪天理:指牛体的自然的肌理结构。

⑫批:击,劈开。卻:同隙。

⑬道:同"导",顺着。窾(kuǎn):骨节空穴处。

⑭因:依。固然:指牛体本来的结构。

⑮技经:犹言经络。技,据清俞樾考证,当是"枝"字之误,指支脉。经,经脉。肯:紧附在骨上的肉。綮(qìng 庆):筋肉聚结处。技经肯綮之未尝,即"未尝技经肯綮"的宾语前置。

⑯軱(gū):股部的大骨。

⑰割:这里指生割硬砍。

⑱族:众,指一般的。

⑲折:用刀折骨。

⑳硎(xíng):磨刀石。

㉑节:骨节。间:间隙。

㉒恢恢乎：宽绰的样子。

㉓族：指筋骨交错聚结处。

㉔怵(chù)然：警惧的样子。

㉕謋(zhè)：同"磔"。謋然：形容牛体骨肉分离。

㉖委地：散落在地上

㉗善：拭。

㉘养生：指养生之道。

译 文

有一个名叫丁的厨师替梁惠王宰牛，手所接触的地方，肩所靠着的地方，脚所踩着的地方，膝所顶着的地方，都发出皮骨相离声，刀子刺进去时响声更大，这些声音没有不合乎音律的。它竟然同《桑林》《经首》两首乐曲伴奏的舞蹈节奏合拍。

梁惠王说："嘻！好啊！你的技术怎么会高明到这种程度呢？"

庖丁放下刀子回答说："臣下所探究的是事物的规律，这已经超过了对于宰牛技术的追求。当初我刚开始宰牛的时候，（对于牛体的结构还不了解），看见的只是整头的牛。三年之后，（见到的是牛的内部肌理筋骨），再也看不见整头的牛了。现在宰牛的时候，臣下只是用精神去接触牛的身体就可以了，而不必用眼睛去看，就像感觉器官停止活动了而全凭精神意愿在活动。顺着牛体的肌理结构，劈开筋骨间大的空隙，沿着骨节间的空穴使刀，都是依顺着牛体本来的结构。宰牛的刀从来没有碰过经络相连的地方，紧附在骨头上的肌肉和肌肉聚结的地方，更何况股部的大骨呢？技术高明的厨工每年换一把刀，是因为他们用刀子去割肉。技术一般的厨工每月换一把刀，是因为他们用刀子去砍骨头。现在臣下的这把刀已用了十九年了，宰牛数千头，而刀口却像刚从磨刀石上磨出来的一样。牛身上的骨节是有空隙的，可是刀刃却并不厚，用这样薄的刀刃刺入有空隙的骨节，那么在运转刀刃时一定宽绰而有余地了，因此用了十九年而刀刃仍像刚从磨刀石上磨出来一样。虽然如此，可是每当碰上筋骨交错的地方，我一见那里难以下刀，就十分警惧而小心翼翼，目光集中，动作放慢。刀子轻轻地动一下，哗啦一声骨肉就已经分离，像一堆泥土散落在地上了。我提起刀站着，为这一成功而得意地四下环顾，一副悠然自得、心满意足的样子，拭好了刀把它收藏起来。"

梁惠王说："好啊！我听了庖丁的话，也学到了养生之道啊。"

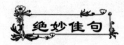

彼节者有间，而刀刃者无厚；以无厚入有间，恢恢乎其于游刃必有余地矣，是以十九年而刀刃若新发于硎。

朝三暮四①

宋人有狙公者②爱狙,养之成群,能解狙之意,狙亦得③公之心④。损⑤其家口⑥,充⑦狙之欲⑧。俄而匮⑨焉,将限其食,恐众狙之不驯于己⑩也,先诳⑪之曰:"与⑫若⑬芧⑭,朝三而暮四⑮,足⑯乎?"众狙皆起而怒。俄而曰:"与若芧,朝四而暮三,足乎?"众狙皆伏⑰而喜。

文学常识丛书

①选自《庄子》。

②狙(jū)公者:饲养猴子的人。狙,一种猴子。

③得:懂得。

④心:心意。

⑤损:减少。

⑤家口:家中口粮。

⑦充:满足。

⑧欲:欲望,要求。

⑨匮(kuì):缺乏。

⑩不驯于己:不服从自己。驯,驯服。

⑪诳(kuáng):欺骗。

⑫与：给。

⑬若：你们。

⑭芧(xǔ)：橡子，也有人说是一种小栗子。

⑮朝(zhāo)三而暮四：早晨三个晚上四个。朝，早晨。

⑯足：够。

⑰伏：趴。

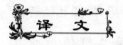

译文

　　宋国有一个很喜欢饲养猴子的人，人们叫他狙公。他家养了一大群猴子，他能理解猴子的意思，猴子也懂得他的心意。他宁可减少全家的食用，也要满足猴子的要求。然而过了不久，家里越来越穷困了，打算减少猴子吃橡子的数量，但又怕猴子不顺从自己，就先欺骗猴子说："给你们的橡子，早上三个晚上四个，够吃了吗？"猴子一听，都站了起来，十分恼怒。过了一会儿，他又说："给你们橡子，早上四个，晚上三个，这该够吃了吧？"猴子一听，一个个都趴在地上，非常高兴。

精彩评析

　　朝三暮四，揭露狙公愚弄的骗术，告诫人们要注重实际，防止被花言巧语所蒙骗。但是后来，这个故事的意义有了些变化，被引申为反复无常，用来谴责那种说话、办事经常变卦、不负责任的人。

望洋兴叹

秋水时至，百川灌①河，泾②流之大，两涘渚崖③之间，不辨牛马，于是焉河伯④欣然自喜，以天下之美为尽在己，顺流而东行，至于北海。东面而视，不见水端，于是焉河伯始旋其面目，望洋向若⑤而兴叹曰："野语有之曰：'闻道百以为莫己若'者，我之谓也。且夫我尝闻少仲尼之闻而轻伯夷之义者，始吾弗信；今我睹子之难穷也，吾非至于子之门则殆⑥矣，吾长见笑于大方之家！"

北海若曰："井蛙不可以语于海者，拘于虚也；夏虫不可以语于冰者，笃于时也。曲士不可以语于道者，束于教也。今尔出于崖涘，观于大海，乃知尔丑，尔将可与语大理矣。天下之水，莫大于海，万川归之不知何时止而不盈；尾闾泄之，不知何时已而不虚；春秋不变，水旱不知。此其过江河之流，不可为量数。而吾未尝以此自多者，以为比形于天地而受气于阴阳，吾在于天地之间，犹小石小木之在大山也，方存乎见少，又奚以自多？"

①灌：灌溉、注入的意思。

②泾：泾水，这里指水脉。

③涘洙崖：涘，音 sì，水边。洙，音 zhū，通渚，水中间现出的小块陆地。崖，河岸。

④河伯：水神。

⑤若：海神的名字。

⑥殆：糟糕、危险的意思。

译 文

秋天洪水时节来到，大小河流的水都灌入黄河，直流的流水波之大，两岸之间，牛马都看不见，于是乎河伯欣然自得，以为天下最了不起的就是自己了，顺着河流往东行，来到北海。向东看去，看不到水的边际，这时河伯才改变他的表情，望着海洋对海神"若"叹道："有俗话说道：'听说了一百条真理就以为没有及得上自己的了'的话，是指我（这样的）啊。而且我（自以为）见识过孔子所有的见识并且轻视伯夷的气节，当初我都不信（那些）；今天我看到了你的难以穷尽，我若不是来到你的门前就完了，我将长久见笑于有高深见识的人们啊！"

北海的海神"若"说："井底之蛙不会谈论到大海的原因，是受到它的居所所限制；夏天的昆虫不会谈论到冰的原因，是取决于时令。孤陋寡闻的人不会谈论真理，是受到他所受的教育所限制。今天你走出（河流的岸崖），在大海观望，才知道你的不足，就可以跟你谈论大道理了。天下的水，没有比海更大的了，成千上万的河流的水归于大海没有停止而海却不会满；"尾闾"流泻海水，不知道什么时候完（海）却不会空；不论季节更替它不会变，（就是）洪涝它都没什么感觉。这就是它比江河的水多得多，那是无法计量的。但我却从未以此而自大，我觉得自己形成于天地（之间）接受

（着）阴阳的气息，我在天地之间，就像小石头小树木在大山里，只能看到自己的不足，又怎么会骄傲自大呢？"

绝妙佳句

　　北海若曰："井蛙不可以语于海者，拘于虚也；夏虫不可以语于冰者，笃于时也。曲士不可以语于道者，束于教也。

文学常识丛书

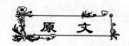

坎底之蛙

公孙龙问于魏牟曰①："龙少学先王之道，长而明仁义之行；合同异，离坚白②；然不然，可不可③；困百家之知，穷众口之辩④；吾自以为至达矣⑤。今吾闻庄子之言，汒焉异之⑥；不知论之不及与？知之弗若与⑦？今吾无所开吾椽⑧，敢问其方⑨。"公子牟隐机太息⑩，仰天而笑曰："子独不闻夫坎井之蛙乎⑪？谓东海之鳖曰：'吾乐与！吾跳梁乎井干之上⑫，入休乎缺甃之崖⑬；赴水则，接腋持颐⑭，蹶泥则没足灭跗⑮，还虾蟹与科斗⑯，莫吾能若也⑰。且夫擅一壑之水⑱，而跨跨坎井之乐⑲，此亦至矣。夫子奚不时来入观乎⑳？'东海之鳖左足未入，而右膝已絷矣㉑。于是逡巡而却㉒，告之海曰：'夫千里之远，不足以举其大㉓；千仞之高，不足以极其深。禹之时，十年九潦㉔，而水弗为加益；汤之时，八年七旱，而崖不为加损㉕。夫不为顷久推移㉖，不以多少进退者㉗，此亦东海之大乐也。'于是坎井之蛙闻之，适适然惊㉘，规规然自失也㉙。且夫知不知是非之竟㉚，而犹欲观于庄子之言㉛，是犹使蚊负山，商炬驰河也㉜，必不胜任矣。且夫知不知论极妙之言而自适一时之利者㉝，是非坎井之蛙与？且彼方跐黄泉而登大皇㉞，无南无北，爽然四解㉟，沦于不测；无东无西，始于玄冥㊲，反于大通㊳。子乃规规然而求之以察，索之以辩，是直用管窥天㊳，用锥指地也，不亦小乎？

29

谈谐闲趣

子往乎！且子独不闻夫寿陵余子之学行于邯郸与⑩？未得国能⑪，又失其故行矣，直匍匐而归耳⑫！今子不去，将忘子之故，失子之业。"公孙龙口吺而不合⑬，舌举而不下，乃逸而走⑭。

①公孙龙：战国时期赵国人，曾做过平原君的门客。名家主要代表人物之一，以善辩著称，提出"白马非马""离坚白""物莫非指而指非指"等著名论题，在诸子百家中有重要影响。现保存有《公孙龙子》六篇，为其代表作。公孙龙所处时代比庄子稍后，此处或为庄子弟子、后学所记。魏牟：魏国公子，从其言论推断，为庄子推崇之得道者。《荀子·非十二子》载："纵情性，安恣睢，禽兽行，不足以合文通治，然而其持之有故，其言之成理，足以欺惑愚众。是它嚣、魏牟也。"

②合同异：为名家惠施一派的典型命题，强调事物的同一性。"合同异"揭示事物同异关系的相对性，有一定的合理因素，但片面夸大同一性，极而言之，把天与地，无限大的大一与无限小的小一，生与死，中正与偏斜等等，都看成无差别的同一，抹灭事物质的区别，而陷入相对主义错误。离坚白：为公孙龙的著名命题。出自《公孙龙子·坚白论》，认为一块坚硬的白石，坚白两种属性是分离的，因为眼看得白而无坚，手摸得坚而无白，只能说坚石、白石，不能说坚白石，从而把客体各种属性分割开来，否认它们之间具有同一性。同时认为主体视触等感觉亦不能相通，思维对感觉亦无综合作用，一切都是分离的，这就把认识限制在只能获取直观的、支离破碎的印象，而不能得到整体的正确认识，陷入不可知论。

③然不然，可不可：以不然为然，以不可为可。就是在辩论中，把别人认为不对的论说成对，把别人认为不可以的论说成可以。

④知：知识、见解。辩：口才。

⑤至达：极为通达事理。

⑥汇焉：同"茫然"，迷惘不清之意。"汇"同"茫"。

⑦论：指口才、辩才。知：指知识、智力。

⑧喙（huì）：鸟兽的嘴，此指人之口。因庄子之言奇异虚玄，公孙龙无从理解，虽善辩亦不知从何开口。

⑨方：方法、方术、道理。

⑩公子牟：即魏牟。隐机大息：公子牟是位得道者，体道清高，超然物外，对公孙龙热衷于世间的是非之争，以能言善辩自许、不明大道的浅薄无知，而深深叹息。隐机，背靠小几。古人席地而坐，靠小几以减轻疲劳。"机"同"几"。

⑪坎井：浅井。独：惟独、只有之意。

⑫跳梁：又作跳踉，跳跃之意。井干，井上之围栏。

⑬缺瓿之崖：井壁缺口靠水之处，井蛙在这里休息。甃（zhòu）：井壁。崖：水边。

⑭腋：腋窝。颐：两腮下面。这句指井蛙入水时，水托在前肢和两腮下面。

⑮蹶（jué）：践踏。跗（fū）：脚背。没灭：埋到、埋没之意。

⑯还：环视，向周围看。虷（hán）：井中赤虫。又说为孑孓，蚊子幼虫。蟹：小螃蟹。科斗，蝌蚪，蛙类幼虫。

⑰莫吾能若："莫能若吾"的宾语提前，表示强调。没有能像我这样的。

⑱且夫：递进连词，表句子或段落意义的连接和加深，与况且、再说意思接近。擅：独占。壑：深沟，此指土井。

⑲跨跱：形容蛙在井中跳跃、蹲踞的神态，跱（zhì），蹲着。

⑳夫子：井蛙对东海之鳖的尊称。奚，何。时来：时常前来，经常前来。

㉑絷(zhí):绊住。东海之鳖身躯巨大,而坎井空间狭小,所以左足未踏到井底,右膝就被绊住了。

㉒逡(qūn)巡:犹豫徘徊,迟疑不决。

㉓举:称说,形容。

㉔潦:同"涝",雨水过多,发生水灾。

㉕崖:同"涯",水边,此指海水边缘。这句意为虽多年干旱水少,海水也不会因而减少,使海水边界向内缩小。

㉖顷:短暂。久:长久。推移:改变、变化。

㉗不以多少进退者:不会因雨水之多少而使海水有所进退。

㉘适适然:惊骇恐怖的样子。

㉙规规然:惊视自失的样子。形容井蛙听到关于大海的议论,惊怖不已,茫然自失的神态。

㉚知不知:智慧不能通晓。前一知,通"智",指人的智能、智慧,后一知,当通晓讲。竟:同境。

㉛观:观察领会。

文学常识丛书

㉜商蚷(jù):又名马蚿、马陆,一种暗褐色小虫,栖息于湿地和石堆下,能在陆地爬行,不会游水。

㉝极妙之言:指庄子讲论大道极其玄虚微妙的言论。适:快意、满足。此句意为:况且智慧不足以理解和论述极微妙玄虚之言,而自满自足于一时口舌相争之胜利。

㉞彼:指庄子。跐(cǐ):踏地、履也。黄泉:地底深处之泉水,此泛指地下极深处,大皇:指天之极高处,大,同"太"。此句意为,庄子之言,神妙无方,变幻莫测,就像刚刚踏在地之极深处,忽而又升至天的极高处。

㉟奭(shì)然:释然,逍遥自在,无拘无束的样子。四解:四面八方无不通达理解。

㊱沦于不侧：深入于不可测知的境界。

㊲玄冥：幽远暗昧不可测知的玄妙境界。

㊳大通：于万事万物之道无不通达。

㊴规规然：琐细分辨的样子。用管窥天：从管子里去看天，比喻所见空间极小。

㊵寿陵：燕国邑名。余子：少年。邯郸：赵国都城。

㊶国能：赵国人行路的本领。

㊷直：竟然。匍匐：爬行。

㊸呿(qū)：张开口。

㊹逸：逃走。走：奔跑。是说公孙龙听了魏牟一番高论，惊异得合不拢嘴，说不出话，匆忙逃离了。

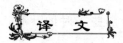

译文

公孙龙向魏牟问道："我年少的时候学习古代圣王的主张，长大以后懂得了仁义的行为；能够把事物的不同与相同合而为一，把一个物体的质地坚硬与颜色洁白分离开来；能够把不对的说成是对的，把不应认可的看作是合宜的；能够使百家智士困惑不解，能够使众多善辩之口理屈词穷，我自以为是最为通达的了。如今我听了庄子的言谈，感到十分茫然。不知是我的论辩比不上他呢，还是我的知识不如他呢？现在我已经没有办法再开口了，冒昧地向你请教其中的道理。"

魏牟靠着几案深深地叹了口气，然后又仰头朝天笑着说："你不曾听说过那浅井里的青蛙吗？井蛙对东海里的鳖说：'我实在快乐啊！我跳跃玩耍于井口栏杆之上，进到井里便在井壁砖块破损之处休息。

跳入水中井水漫入腋下并且托起我的下巴，踏入泥里泥水就盖住了我的脚背，回过头来看看水中的那些赤虫、小蟹和蝌蚪，没有谁能像我这样的快乐！再说我独占一坑之水、盘踞一口浅井的快乐，这也是极其称心如意的了。你怎么不随时来井里看看呢？'东海之鳖左脚还未能跨入浅井，右膝就已经被绊住。于是迟疑了一阵子之后又把脚退了出来，把大海的情况告诉给浅井的青蛙，说：'千里的遥远，不足以称述它的大；千仞的高旷，不足于探究它的深。夏禹时代，十年里有九年水涝，而海水不会因此增多；商汤的时代，八年里有七年大旱，而岸边的水位不会因此下降。不因为时间的短暂与长久而有所改变，不因为雨量的多少而有所增减，这就是东海最大的快乐。'浅井之蛙听了这一席话，惊惶不安，茫然不知所措。再说你公孙龙的才智还不足以知晓是与非的境界，却还想去察悉庄子的言谈，这就像驱使蚊虫去背负大山，驱使马蚿虫到河水里去奔跑，必定是不能胜任的。而你的才智不足以通晓极其玄妙的言论，竟自去迎合那些一时的胜利，这不就像是浅井里的青蛙吗？况且庄子的思想主张正俯极黄泉登临苍天，不论南北，释然四散通达无阻，深幽沉寂不可探测；不论东西，起于幽深玄妙之境，返归广阔通达之域。你竟拘泥浅陋地用察视的办法去探寻它的奥妙，用论辩的言辞去索求它的真谛，这只不过是用竹管去窥视高远的苍天，用锥子去测量浑厚的大地，不是太渺小了吗！你还是走吧！而且你就不曾听说过那燕国寿陵的小子到赵国的邯郸去学习走步之事吗？未能学会赵国的本事，又丢掉了他原来的本领，最后只得爬着回去了。现在你还不尽快离开我这里，必将忘掉你原有的本领，而且也必将失去你原有的学业。"

公孙龙听了这一番话张大着口而不能合拢，舌头高高抬起而不能放下，于是快速地逃走了。

　　夫(海)千里之远,不足以举其大;千仞之高,不足以极其深。禹之时,十年九潦,而水弗为加益;汤之时,八年七旱,而崖不为加损。夫不为顷久推移,不以多少进退者,此亦东海之大乐也。

作者简介

列子,名寇,又名御寇(又称"圄寇""国寇"),相传是战国前期的道家,郑国人,与郑缪公同时。其学本于黄帝老子,主张清静无为。后汉班固《艺文志》"道家"部分录有《列子》八卷,早已散失。今本《列子》八篇,内容多为民间故事、寓言和神话传说。

从思想内容和语言使用上来看,可能是晋人所作,是东晋人搜集有关的古代资料编成的,晋张湛注释并作序。

《列子》里面的先秦寓言故事和神话传说中不乏有教益的作品。如《列子学射》(《列子·说符》)、《纪昌学射》(《列子·汤问》)和《薛谭学讴》(《列子·汤问》)三个故事分别告诉我们:在学习上,不但要知其然,还要知其所以然;真正的本领是从勤学苦练中得来的;知识技能是没有尽头的,不能只学到一点就满足了。

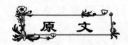

杞人忧天①

谈谐用趣

　　杞国有人忧天地崩坠②,身亡所寄③,废寝食者。又有忧彼之所忧者,因往晓之,曰:"天积气耳、亡处亡气,若屈伸呼吸,终日在天中行止,奈何忧崩坠乎?"其人曰:"天果积气,日月星宿不当坠邪?"晓之者曰:"日月星宿,亦积气中之有光耀者,只使坠亦不能有所中伤。"其人曰:"奈地坏何?"晓者曰:"地积块耳。充塞四虚,亡处亡块,若躇步跳蹈④,终日在地上行止,奈何忧其坏。"其人舍然大喜⑤。晓之者亦舍然大喜。

37

　　①杞(qǐ)人:杞国人。

　　②坠(zhuì):落。

　　③身亡所寄:没有安身的地方。

　　④若躇(chú)步跳蹈:你任意跑跳走动。

　　⑤舍然大喜:放弃原来那样的担忧,放心地笑了。舍:放弃的意思。

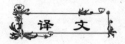

　　杞国有个人,整天担心天塌地陷,自己没有安身的地方,愁得吃不下睡

不着。又有个人替他担忧，因此去劝慰他说："天只不过是积聚起来的气体，无处不充满气，你整天在气里呼吸活动，为什么会担心天会塌下来呢？"那个人说："天如果真的是气积聚起来的，日月星辰不是要掉下来了？"开导他的人说："日月星辰，也是积气而成，它们能发出耀眼的光亮，即使它们掉下来，也不会伤害人"那人又说："地塌下去怎么办？"开导他的人说："地是由大土块积成，土填满了四方，无处不有，你每天在土地上活动，为什么还担心它崩陷呢？"杞人听了这些话如释重负，开心地笑了。开导他的人也放心大笑了。

精彩评析

我们切莫杞人忧天，脚踏实地做好每一件事才是应该做的。

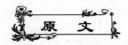

愚公移山

太行、王屋二山①，方②七百里，高万仞③。本④在冀州⑤之南，河阳⑥之北。

北山愚公者⑦，年且⑧九十，面山而居⑨。惩⑩山北之塞⑪，出入之迂⑫也，聚室而谋⑬曰："吾与汝⑭毕力平险⑮，指通豫南⑯，达于汉阴⑰，可乎？"杂然相许⑱。其妻献疑⑲曰："以⑳君之力，曾不能损魁父之丘㉑，如太行、王屋何㉒？且焉置土石㉓？"杂曰："投诸渤海之尾㉔，隐土㉕之北。"遂率子孙荷担者三夫㉖，叩石垦壤㉗，箕畚㉘运于渤海之尾。邻人京城㉙氏之孀妻㉚有遗男㉛，始龀㉜，跳往助之。寒暑易节㉝，始一反焉㉞。

河曲智叟㉟笑而止之曰："甚矣，汝之不惠㊱。以残年㊲余力，曾不能毁山之一毛㊳，其如土石何㊴？"北山愚公长息㊵曰："汝心之固，固不可彻㊶，曾不若㊷孀妻弱子。虽我之死㊸，有子存焉；子又生孙，孙又生子；子又有子，子又有孙；子子孙孙无穷匮㊹也，而山不加增，何苦㊺而不平？"河曲智叟亡以应㊻。

操蛇之神㊼闻之，惧其不已㊽也，告之于帝㊾。帝感其诚㊿，命夸娥氏○51二子负○52二山，一厝朔东○53，一厝雍南○54。自此，冀之南，汉之阴○55，无陇断○56焉。

注 释

①太行、王屋二山：太行山在山西高原和河北平原之间。王屋山在山西省阳城县西南。

②方：方圆，指面积，这里是周围的意思。

③万仞(rèn)：形容极高。仞，古代以七尺或八尺为一仞。

④本：本来。

⑤冀州：古地名，包括现在河北省、山西省、河南省黄河以北、辽宁省辽河以西的地区。

⑤河阳：黄河北岸。山的北面或水的南面叫做阴，山的南面或水的北面叫做阳。

⑦者：语气助词，表示停顿，不必译。

⑧且：将。

⑨面山而居：向着山住着，即住在山北。面，向着。

⑩惩(chéng)：戒，这里是"苦于"的意思。

⑪塞(sài)：阻塞。

⑫迂(yū)：曲折，绕远。

⑬聚室而谋：集合全家来商量。室，家。

⑭汝：你。这里是复数"你们"的意思。

⑮毕力平险：尽全力铲除险峻的大山。

⑯指通豫南：一直通向豫州的南部。指：直。豫：豫州，古地名，现在河南省黄河以南。

⑰汉阴：汉水南岸。

⑱杂然相许：纷纷的表示赞成。杂然：纷纷的。许：赞同。

⑲献疑：提疑问。

文学常识丛书

⑳以：凭。

㉑曾不能损魁父之丘：并不能削平魁父这座小山。曾，并。损，削减。魁父，小山名。丘，土堆。

㉒如太行、王屋何：能把太行、王屋两座山怎么样呢？"如……何"，就是"把……怎么样"的意思。

㉓且焉置土石：况且把土石放到哪里去呢？且，况且。焉，疑问代词，哪里。置，安放。

㉔投诸渤海之尾：把它扔到渤海的边上去。诸，就是"之于"。

㉕隐土：古代传说中的地名。

㉖荷(hè)担者三夫：(能)挑担子的三个人。荷，负荷、挑。

㉗叩石垦壤：敲石头，挖泥土。叩：敲打、凿。

㉘箕(jī)畚(běn)：这里是用箕畚装土石的意思。畚，土筐。

㉙京城：姓。

㉚孀(shuāng)妻：寡妇。

㉛遗男：遗孤，孤儿。

㉜始龀(chì)：刚刚换牙，指七八岁。龀：换牙。

㉝寒暑易节：冬夏换季。指一年的时间。易：交换。节：季节。

㉞始一反焉：才往返一次。反：同返。焉：语气助词。

㉟叟(sōu)：老头。

㊱甚矣，汝之不惠：你太不聪明了。这是"汝之不惠甚矣"的倒装句。先说甚矣，有强调的意味。甚矣，太过分了。惠，同"慧"，聪明。

㊲残年：指人的晚年。

㊳一毛：一根草，或一草一木。毛：指山上的草木。

㊴其：加在"如……何"前面，有加强反问语气的作用。

㊵长息：长叹。

㊶汝心之固,固不可彻:你思想顽固,顽固到了不可改变的程度。

㊷曾不若:还不如,还比不上。

㊸虽我之死:即使我死了。虽,即使。

㊹穷匮(kuì):穷尽。

㊺苦:愁。

㊻亡(wǎng)以应:没有话来回答。亡,同"无"。

㊼操蛇之神:神话中的山神,拿着蛇,所以叫操蛇之神。操,持、拿。

㊽惧其不已:怕他不停地干下去。

㊾帝:神话中的天帝。

㊿感其诚:被他的诚心所感动。

(51)夸娥氏:神话中力气很大的神。

(52)负:背。

(53)一厝(cuò)朔东:一座放在朔东。厝:同"措",放置。朔东:朔方东部,现在山西省北部一带。

(54)雍:现在陕西省、甘肃省一带。

(55)阴:水的南面叫阴。

(56)陇断:即垄断,山冈高地。

文学常识丛书

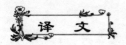

译文

太行、王屋两座山,方圆七百里,高七八千丈,原本在冀州的南部,黄河北岸的北边。

北边山脚下有个名叫愚公的人,年纪将近九十岁了,在山的正对面居住。他苦于山区北部的阻塞,出来进去总要绕道,就召集家里的人商量说:"我跟你们尽一切力量去铲平险峻的大山,(使道路)一直通到豫州的南部,到达汉水的南岸,好吗?"大家纷纷表示赞同他。他的妻子表示疑问说:"凭着你的力气,并不能削平魁父这座小山,能把太行、王屋(这两座大山)怎么样呢? 再说又往哪儿放置(挖出来的)泥土石头呢?"众人抢着说:"把它扔到渤海的边沿,隐土的北边。"于是(愚公)就率领着儿子孙子能挑担子的三个人,凿石头,挖泥土,用畚箕运到渤海边上。邻居姓京城的寡妇有个孤儿,刚刚换牙(七八岁),蹦蹦跳跳地去帮助他们。冬夏换季了,才回家一趟。

河湾上的智叟嗤笑着拦阻他说:"真够呛呀,你那么愚蠢。凭着残余的年月,剩下的力气,还不能损伤山上的一棵草,又能把泥土石头怎么样呢?"北山愚公长叹说:"你的心真顽固,顽固得没法开窍,还比不上寡妇孤儿。即使我死了,还有儿子在呀;儿子又生孙子,孙子又生儿子;儿子又有儿子,儿子又有孙子;子子孙孙无穷无尽,可是山却不会增高加大,愁什么挖不平呢?"河曲智叟无话可答。

43

手握大蛇的山神听说这桩事,害怕他们没完没了地干下去,向天帝报告了。天帝被他们的诚心感动了,命大力神夸娥氏的两个儿子背走了两座山,一座安放在朔方的东部,一座安放在雍州的南部。从此以后,冀州的南部直到汉水的南岸,再也没有高山阻隔了。

　　虽我之死,有子存焉;子又生孙,孙又生子;子又有子,子又有孙;子子孙孙无穷匮也,而山不加增,何苦而不平?

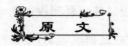

郑师文学鼓琴

瓠巴鼓琴而鸟舞鱼跃。郑师文闻之，弃家从师襄游，柱指钧弦，三年不成章。

师襄曰："子可以归矣。"

师文舍其琴，叹曰："文非弦之不能钧，非章之不能成。文所成者不在弦，所志者不在声。内不得于心，外不应于器，故不敢发手而动弦。且小假之，以观其后。"

无几何，复见师襄，师襄曰："子之琴何如？"

师文曰："得之矣。请尝试之。"

于是当春而叩商弦以召南吕，凉风忽至，草木成实。及秋而叩角弦以激夹钟，温风徐回，草木发荣。当夏而叩羽弦以召黄钟，霜雪交下，川池暴冱①。及冬而叩微弦以激蕤②宾，阳光炽烈，坚冰立散。将终，命宫而总四弦，则景风翔，庆云浮，甘露降，澧③泉涌。

师襄乃抚胸高蹈曰："微矣子之弹也！虽师旷之清角，邹衍之吹律亡以加之。彼将挟琴执管而从子之后耳。"

①冱：音 hù，冻的意思。

②葇：音 ruí。

③澧：通'醴'，音 lǐ，甜酒。

瓠巴弹琴的时候，鸟（随之起）舞鱼（随之）跳跃。郑国的师文听说了这件事，离家去跟随（名叫）襄（的乐师）游学，按指拨弦，却三年弹不成完整的曲调。

老师襄（对他）说："您可以回去了。"

师文放下琴，叹息道："我不是不调拨琴弦，不是不会演奏乐章。我想达到的不是弹拨琴弦，（我所）想达到的不是（要让琴）发出声音。我还没有做到（音乐）反自我的，再感应到演奏乐器，所以我不敢动手弹奏琴弦。请今后再看我的表现。"

没过多久，（师文）再次拜见老师襄，老师襄问道："您的琴弹得怎么样了？"

师文说："学好了。请让我演奏一下好吗？"

于是师文演奏乐章，正当春天的时候，（他）奏商音发出南吕（八月律）的音律，让人感觉凉风吹来，草木结出果实。到秋天的时候，（他）奏角音发出夹钟（二月律）的音律，（让人感觉）温暖的和风缓缓吹来，草木发出嫩芽。到夏天的时候，（他）奏羽音发出黄钟（十一月律）的音律，（让人感觉）飞雪下霜，江河池塘突然结冰了。到了冬天的时候，（他）奏微音发出蕤宾（五月律）的音律，（让人感觉）阳光炽烈，坚冰马上溶解。最后，演奏宫音总括（以上）四种音律，（让人感觉）微风抚面，祥云浮动，甘露飘落，甘泉涌出。

老师襄拍胸跳跃（兴奋地）说："您演奏得太微妙啦！就算是师旷演奏的《清角》，邹衍吹奏的旋律也没法比这更好了。他们也只有夹着琴拿着萧跟在您后面的份了。"

绝妙佳句

　　文非弦之不能钩,非章之不能成。文所成者不在弦,所志者不在声。内不得于心,外不应于器,故不敢发手而动弦。

作者简介

　　韩非,韩国人,出身于贵族世家,是韩国的公子,尊称"韩非子"或"韩子",约生于公元前 280 年(周报王三十五年),卒于公元前 233 年(秦始皇十四年)。韩非口吃,不善于说话,而善于著书。

　　韩非与李斯同是荀卿的学生。他才学超人,李斯自以为不及他。韩非虽曾师事荀卿,可是他没有继承荀卿儒家的思想,而是"喜刑名法术之学",并"归本于黄、老",继承和发展法家的思想,成为战国末年法家集大成者。

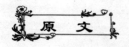

自相矛盾

楚人有鬻①盾与矛者,誉②之曰:"吾盾之坚,物莫能陷③也。"又誉其矛曰:"吾矛之利,于物无不陷也。"或曰④:"以子之矛陷于之盾,伺如?"其人弗能应也。

①鬻:音 yù,卖。

②誉:赞美。

③陷:攻破,这里是刺透的意思。

④或曰:有的人说。

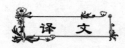

从前有个楚国的商人在市场上出卖自制的长矛和盾牌。他先把盾牌举起来,一面拍着一面吹嘘说:"我卖的盾牌,最牢,比这再坚固没有了。不管对方使的长矛怎样锋利,也别想刺透我的盾牌!"停了一会儿,他又举起长矛向围观的人们夸耀:"我做的长矛,最快比这再锋利没有了。不管对方抵挡的盾牌怎样坚固,我的长矛一刺就透!"围观的人群中有人问道:"如果用你做的长矛

文学常识丛书

来刺你做的盾牌，是刺得透还是刺不透呢？"楚国商人涨红着脸，半天回答不上来。

绝妙佳句

以子之矛陷于之盾，伺如？

郑人买履①

郑人有且②置③履④者,先自度⑤其足而置之其坐⑥。至之市⑦,而忘操⑧之。已得履,乃曰:"吾忘持度⑨。"反⑩归取之。及反,市罢⑪,遂不得履。人曰:"何不试之以足⑫?"曰:"宁⑬信度,无自信也。"

注 释

①选自《韩非子》。

②且:将要。

③置:购买。

④履(lǚ):鞋子。

⑤度(duó):测量。

⑤置之其坐:把脚的尺寸放在座位上。置,放。

⑦至之市:待到了市场。

⑧操:携带。

⑨度(dù):尺寸。

⑩反:同"返",即回家去。

⑪市罢:集市散了。

⑫试之以足:用脚试一试。

文学常识丛书

⑬宁：宁可。

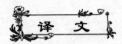

郑国有个人想买一双鞋子，他先量好了自己脚的尺寸，把它放在座位上。待到市场去的时候却忘记将尺寸带上。他在鞋摊上拿到鞋后，发现尺寸没带，便说："我忘记带尺寸了！"拔腿就往家跑。等到他拿了尺寸，再赶到市场时，集市已经散了。因此鞋子买不到了。有人问他："为什么不用脚去试一试呢？"他说："我宁愿相信量好的尺寸，也不相信自己的脚。"

人曰："何不试之以足？"曰："宁信度，无自信也。"

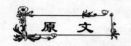

扁鹊见蔡桓公

扁鹊①见蔡桓公,立有间②,扁鹊曰:"君有疾③在腠理④,不治将恐⑤深⑥。"桓侯曰:"寡人⑦无疾。"扁鹊出⑧,桓侯曰:"医之好治不病以为功⑨!"居十日⑩,扁鹊复见,曰:"君之病在肌肤⑪,不治将益⑫深。"桓侯不应⑬。扁鹊出,桓侯又不悦⑭。居十日,扁鹊复见,曰:"君之病在肠胃,不治将益深。"桓侯又不应。扁鹊出,桓侯又不悦。居十日,扁鹊望桓侯而还走⑮。桓侯故⑯使人问之,扁鹊曰:"疾在腠理,汤熨之所及也⑰;在肌肤,针石⑱之所及也;在肠胃,火齐⑲之所及也;在骨髓,司命之所属⑳,无奈何也㉑。今在骨髓,臣是以㉒无请㉓也。"居五日,桓侯体痛,使人索㉔扁鹊,已逃秦矣。桓侯遂㉕死。

文学常识丛书

①扁鹊,姓秦,名越人,战国时郑(mò)人,医术高明,所以人们就用传说中的上古名医扁鹊的名字来称呼他。蔡桓(huán)公,蔡国(现在河南省上蔡县一带)国君,下文称"桓侯"。

②有间:有一会儿。

③疾:小病。

④腠(còu)理:皮肤的纹理。

⑤将恐：恐怕要。将：要。

⑥深：甚，厉害。

⑦寡人：古代诸侯对自己的谦称。

⑧出：退出。

⑨医之好治不病以为功：医生喜欢给没病（的人）治病，把（治好"病"）作为（自己的）功劳！之：助词，没有实在意义。

⑩居十日：待了十天。居：止、停。

⑪肌肤：肌肉和皮肤。

⑫益：更。

⑬应（yìng）：答应、理睬。

⑭悦（yuè）：高兴。

⑮还（xuán）走：转身就跑。还：同"旋"，回转、掉转。

⑯故：特意。

⑰汤（tāng）熨（wèi）之所及也：（是）汤熨（的力量）所能达到的。汤，同"烫"，用热水焐（wù）。熨，用药物热敷。

⑱针石：金属针和石针。这里指用针刺治病。

⑲火齐（jì）：火齐汤，一种清火、治肠胃病的汤药。齐，同剂。

⑳司命之所属：司命，星名，三台中的上台二星。《晋书·天文志》中载"三台……上台为司命，主寿。"传说中掌管生死的神。属，隶属，管。

㉑无奈何也：没有办法。

㉒是以：就是"以是"，因此。以：因为、由于。

㉓无请：不问，意思是不再说话。请：问。

㉔索：寻找。

㉕遂：结果就。

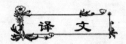

扁鹊进见蔡桓公，站了一会儿，扁鹊说："在您的皮肤间有点小病，不医治的话，恐怕要厉害了。"桓侯说："我没有病。"扁鹊走后，桓侯说："医生（总是这样）喜欢给没病的人治病，以此作为（自己的）功劳！"过了十天扁鹊又去进见，（对桓侯）说："您的病已经到了肌肉里，不医治的话，会更加严重下去。"桓侯不理睬。扁鹊走后，桓侯又一次不高兴。过了十天，扁鹊再去进见，（对桓侯）说："您的病已经到了肠胃中，不医治的话，会更加深入下去。"桓侯又不理睬。扁鹊走后，桓侯再一次不高兴。过了十天，扁鹊（远远）望见桓侯转身就跑。桓侯特地派人去问他。扁鹊说："病在表皮，用热水焐，用药物热敷能够治疗；（病）在肌肉里，用针灸能够治疗；（病）在肠胃里，用火剂能够治疗；（病）在骨髓里，那是司命的事了，（医生）是没有办法的。现在（他的病）在骨髓里，所以我不再过问了。"过了五天，桓侯浑身疼痛，派人寻找扁鹊，（扁鹊）已经逃到秦国去了。桓侯就死去了。

 绝妙佳句

扁鹊曰："疾在腠理，汤熨之所及也；在肌肤，针石之所及也；在肠胃，火齐之所及也；在骨髓，司命之所属，无奈何也。今在骨髓，臣是以无请也。

和氏献璧

　　楚人和氏得玉璞楚山中①，奉而献之厉王②，厉王使玉人相之③，玉人曰："石也。"王以和为诳④，而刖其左足⑤。及厉王薨⑥，武王即位⑦，和又奉其璞而献之武王，武王使玉人相之，又曰："石也。"王又以为和诳，而刖其右足。武王薨，文王即位⑧，和乃抱其璞而哭于楚山之下，三日三夜，泣尽而继之以血⑨。王闻之，使人问其故，曰："天下之刖者多矣，子奚哭之悲也⑩？"和曰："吾非悲刖也，悲夫宝玉而题之以石⑫，贞士而名之以诳⑬，此吾之所以悲也。"王乃使玉人理其璞而得宝焉⑭，遂命曰"和氏之璧"。

　　①和氏：相传名卞和。璞：含玉的石头。

　　②厉王：春秋楚国国君，名冒，公元前757—公元前741年在位。

　　③玉人：雕琢玉器的工匠。

　　④诳：音 kuáng，欺骗。

　　⑤刖：古代一种断脚的刑罚。

　　⑤薨：音 hōng，周代诸侯死叫薨。

　　⑦武王：名熊通，公元前740—公元前690年在位。

　　⑧文王：名熊赀，公元前689—公元前677年在位。

⑨泣：这里指眼泪。

⑩奚：为什么。

⑪题：品评，这里是被判定的意思。

⑬贞士：坚贞之士。

⑭理：治理，对璞进行整治。

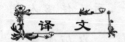

楚国人和氏在楚山中得到一块未加工的玉石，捧着进献给厉王。厉王叫玉工鉴定，玉工说："是石头。"厉王认为和氏是欺骗，因而刖了他的左脚。等到厉王死，武王即位，和氏又捧着他的未加工的玉石献给武王。武王叫玉工鉴定，又说："是石头。"武王又认为和氏是欺骗，而刖了他的右脚。武王死，文王即位，和氏就抱着他的玉石在楚山之下大哭，三天三夜，眼泪流干就继续流着血。文王听到后，派人问他哭的原因。说："天下被刖脚的人多啦，你为什么哭得这样悲痛？"和氏说："我不是悲痛脚被刖，我悲痛的是那宝玉被说成是石头，真诚的人被说成骗子，这就是我悲痛的原因。"文王就使玉工加工这块石，从中得到了宝玉，就把它命名为"和氏之璧"。

文学常识丛书

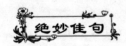 绝妙佳句

和曰："吾非悲刖也，悲夫宝玉而题之以石，贞士而名之以诳，此吾之所以悲也。"

作品简介

　　《战国策》是继《国语》之后的一部国别体史书。又名《国策》《国事》《事语》《短长》《修书》等。作者姓名已不可考。大约只是秦汉间人杂采各国史料编纂而成。后经西汉末学者刘向整理编订,正式定名为《战国策》,全书共三十三篇,分为十二策。记事从春秋结束以后到秦并六国为止(公元前452—公元前216年),约二百四十余年。分别记载战国时期东周、西周、秦、齐、楚、赵、韩、魏、燕、宋、卫、中山十二国的部分历史。主要是记叙战国时代谋臣策士们的言论及其活动,反映了战国时代政治、军事、外交斗争和各诸侯国之间的各种复杂的社会矛盾,是研究战国历史的重要资料。

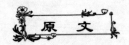
求千里马

古之君人,有以千金求千里马者,三年不能得。涓人言于君曰:"请求之。"君遣之三月,得千里马,马已死,买其首五百金,反以报君。君大怒曰:"所求者生马,安事①死马而捐②五百金?"涓人对曰:"死马且买五百金,况生马乎:天下必以王为能市马,马今至矣。"于是不能期年,千里之马至者三。

注 释

①安事:这里解释为"为什么"。

②捐:用。

译 文

从前有个君主,用千两黄金买千里马,三年没有买到。(一个)传话的下人对(他的)君主说:"请(让我去)买千里马。"(那)君主派他出去了三个月买到,买到了千里马,马已经是死马,(他)用五百两金子买了那马头,返回向君主报到。君主大怒道:"要你买活马,为什么用五百两金子买死马?"传话的下人回答说:"死马都用五百两金子买,何况活马呢?天下的人必然知道君主您会买马的,千里马今天就会来的。"于是不过一年,有三匹千里

文学常识丛书

马来了。

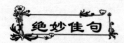

　　世有伯乐,然后有千里马,千里马常有,而伯乐不常有。

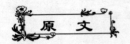

画蛇添足

楚有祠者①，踢其舍人卮酒②。舍人相谓曰③："数人饮之不足，一人饮之有余，请画地为蛇，先成者饮酒。"

一人蛇先成，引酒且饮之④；乃左手持卮，右手画蛇曰："吾能为之足。"未成。一人之蛇成，夺其卮曰："蛇固无足⑤，子安能为之足⑥?"遂饮其酒⑦。

为蛇足者，终亡其酒⑧。

①祠：音 cí，春祭。

②舍人：古代王公贵族手下的办事人员。卮：音 zhī，古代盛酒的器具。

③相谓：互相商量。

④引酒：拿过酒杯。引：取过来。且：将要。

⑤固：本来。

⑥子：对人的尊称。安：怎么。

⑦遂：就。

⑧亡：失去。

　　楚国有一个春天祭祀的人,给前来帮忙的门客一壶酒,门客们商量说:"很多人喝它不够,一个人喝它绰绰有余。请在地上画蛇,先画好的人可以喝酒。"

　　一个人先把蛇画好,拿起酒壶准备饮酒。他左手拿着壶,右手画蛇,说:"我能给蛇添上脚。"脚没有画好时,一个人把蛇画好了,夺他的酒壶说:"蛇本来就没有脚,你怎么能给他添上脚呢?"于是喝了他的酒。

　　而给蛇添脚的人,终于失掉了他的酒。

精彩评析

　　做任何事情都要实事求是,不卖弄聪明,不节外生技。否则,非但不能把事情做好,反而会把事情办糟。

作品简介

《淮南子》是由汉高祖刘邦的孙子、淮南王刘安组织门客撰写而成。

刘安约生于汉文帝前元元年(公元前 179 年),死于汉武帝元狩元年(公元前 122 年)。刘安博学多才,喜招宾客,颇有政治抱负。据《汉书·淮南王安传》记载,他"为人好书鼓琴,不喜弋猎狗马驰骋,亦欲以行阴德拊循百姓,流名誉",且以"辨博善为之辞者称"。

《淮南子》是西汉前期出现的一部博大精深、气势恢宏的理论巨著。全书共有二十一篇。除第二十一篇《要略》作为介绍著书目的及各篇的内容提要外,其他各篇均冠以"训",意为各种理论观点的阐释、解说。就涉及内容来看,可谓当时的百科全书。"道论"是全书的理论总纲,在此基础上,阐述了宇宙发生论、天文学、地理学、人性论、道德论、政治论、军事论等等。

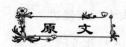

塞翁失马

近塞上之人，有善术者，马无故亡而入胡。人皆吊之，其父曰："此何遽①不为福乎？"居数月，其马将胡骏马而归。人皆贺之，其父曰："此何遽不能为祸乎？"家富良马，其子好骑，堕而折其髀②。人皆吊之，其父曰："此何遽不为福乎？"居一年，胡人大入塞，丁壮者引弦而战。近塞之人，死者十九。此独以跛之故，父子相保。

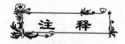
注 释

①遽：知道。
②髀：音 bì，股，大腿。

译 文

靠近边塞有个善于方术的人，（他家的）马无原无故跑到胡人那去了。大家都安慰他。那家的父亲说："这又怎么马上就知道不是福气呢？"过了几个月，他家的马带着胡人的骏马回来了，大家都来祝贺他。那家的父亲说："这又怎么马上就知道不可能是祸患呢？"家里多了良马，那家的儿子喜欢骑马，（一次从马上）摔下折断了大腿骨，大家都来安慰他，那家的父亲说:"这又怎么马上就知道不是福气呢?"过了一年,胡人大举入侵边塞,壮年男人都拿起弓箭参战,(住在)边塞附近的人(壮年男人),死去的人有百分之九十,这家就是因为腿瘸的原因,父子的性命都得以保全。所以说福致祸,祸致福,转化是不可能到头的,(其中)奥妙(也是)不可能随便推测的。

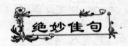

　　塞翁失马,焉知非福。

作 者 简 介

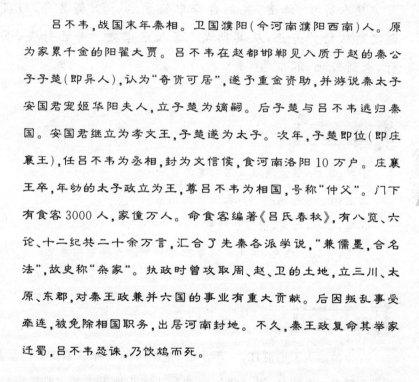

吕不韦，战国末年秦相。卫国濮阳（今河南濮阳西南）人。原为家累千金的阳翟大贾。吕不韦在赵都邯郸见入质于赵的秦公子子楚（即异人），认为"奇货可居"，遂予重金资助，并游说秦太子安国君宠姬华阳夫人，立子楚为嫡嗣。后子楚与吕不韦逃归秦国。安国君继立为孝文王，子楚遂为太子。次年，子楚即位（即庄襄王），任吕不韦为丞相，封为文信侯，食河南洛阳 10 万户。庄襄王卒，年幼的太子政立为王，尊吕不韦为相国，号称"仲父"。门下有食客 3000 人，家僮万人。命食客编著《吕氏春秋》，有八览、六论、十二纪共二十余万言，汇合了先秦各派学说，"兼儒墨，合名法"，故史称"杂家"。执政时曾攻取周、赵、卫的土地，立三川、太原、东郡，对秦王政兼并六国的事业有重大贡献。后因叛乱事受牵连，被免除相国职务，出居河南封地。不久，秦王政复命其举家迁蜀，吕不韦恐诛，乃饮鸩而死。

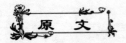

刻舟求剑

楚人有涉①江者,其剑自舟中坠于水,遽②契其舟,曰:"是吾剑之所从坠。"舟止,从其所契③者入水求之。舟已行矣,而剑不行,求剑若此,不亦惑④乎!

①涉:跋涉,就是渡过江河的意思。

②遽:音 jù,急遽,立刻,表示时间很紧迫。

③契:音 qì,动词,用刀子雕刻。

④惑:音 huò,迷惑,这里是对事物感到糊涂不理解的意思。

文学常识丛书

有个楚国人乘船渡江,一不小心,把佩带的剑掉进了江里。他急忙在船沿上刻上一个记号,说:"我的剑就是从这儿掉下去的。"船靠岸后,这个人顺着船沿上刻的记号下水去找剑,但找了半天也没有找到。船已经走了很远,而剑还在原来的地方。用刻舟求剑的办法来找剑,不是很胡涂吗?

舟已行矣,而剑不行,求剑若此,不亦惑乎!

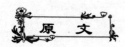

伯牙破琴

伯牙鼓琴^①,钟子期听之。方鼓琴而志^②在大山,钟子期曰:"善哉乎鼓琴! 巍巍乎若大山!"少选之间,而志在流水,钟子期又曰:"善哉乎鼓琴! 汤汤^③乎若流水!"

钟子期死,伯牙破琴绝弦^④,终身不复鼓琴,以为世无足复为鼓琴者。

非独琴若此也,贤者亦然。虽有贤者,而无礼以接之,贤奚由尽忠^⑤? 犹御^⑥之不善,骥^⑦不自千里也。

谈谐用趣

67

①鼓琴:弹琴。

②志:这里是表现的意思。

③汤汤:水流急而又大。

④绝弦:断弦。

⑤贤奚由尽忠:贤,有才能的人;奚,为什么。

⑤御:驾驶车马。

⑦骥:好马。

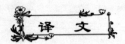

伯牙弹琴,钟子期在旁边欣赏。当伯牙刚刚弹出表现大山雄伟的乐曲时,钟子期就说:"弹得真好啊!我好像看到巍巍的大山!"紧接着伯牙又弹出了表现流水的曲子,钟子期又说:"弹得真美啊!我又好像看到浩浩荡荡的江河!"

钟子期死后,伯牙悲痛万分,拉断了琴弦,把琴摔破,而发誓终身再不弹琴。他认为世上再也没有谁能成为自己的知音了。

不仅仅是弹琴这样,对人才也同样是这个道理。虽有能人,而不能以礼相待,为什么要求人才对你尽忠呢?就好像不善于驾驶车马,好马也不能发挥日行千里的才能。

虽有贤者,而无礼以接之,贤奚由尽忠?犹御之不善,骥不自千里也。

作者简介

司马迁(公元前145年—公元前87年),西汉左冯翊,夏阳(今陕西韩城南)人,字子长,我国古代著名的史学家。他以其"究天人之际,通古今之变,成一家之言"的史识,使《史记》成为中国第一部,也是最出名的纪传我们切莫体通史。

《史记》是中国西汉时期的历史学家司马迁编写的一本历史著作。《史记》是中国古代最著名的古典典籍之一,与后来的《汉书》《后汉书》《三国志》合称"前四史"。

《史记》最初没有固定书名,或称"太史公书",或称"太史公记",也省称"太史公"。"史记"本来是古代史书的通称,从三国时期开始,"史记"由史书的通称逐渐成为"太史公书"的专称。

《史记》记载了上自中国上古传说中的黄帝时代,下至汉武帝元狩元年,共3000多年的历史。全书包括十二本纪、三十世家、七十列传、十表、八书,共一百三十篇,五十二万六千五百余字。

苏秦说李兑

苏秦说李兑曰："洛阳乘轩里苏秦，家贫亲老，无罢车驽马，桑轮蓬箧①，羸縢负书提橐②，触尘埃，蒙霜露，越漳河，足重茧，日百而舍，造外阙，愿见于前，口道天下之事。"李兑曰："先生以鬼之言见我则可，若以人之事，兑尽知之矣。"苏秦对曰："臣固以鬼之言见君，非以人之言也。"李兑见之。苏秦曰："今日臣之来也暮，后郭门，藉席无所得，寄宿人田中，旁有木丛。夜半，土偶与木梗斗曰：'汝不如我。我者乃土也。使我逢疾风淋雨，坏沮，乃复归土；今汝非木之根，则木之枝耳。汝逢疾风淋雨，漂入漳河，东流至海，泛滥无所止。'臣窃以为土梗胜也。今君杀主父而族之，君之立于天下，危于累卵！君听臣计则生，不听臣计则死。"李兑曰："先生就舍，明日复来见兑也。"苏秦出。

李兑舍人谓李兑曰："臣窃观君与苏公谈也，其辩过君，其博过君。君能听苏公之计乎？"李兑曰："不能。"舍人曰："君即不能，愿君坚塞两耳，无听其谈也。"明日复见，终日谈而去。舍人出送苏君，苏秦谓舍人曰："昨日我谈粗③而君动，今日精而君不动，何也？"舍人曰："先生之计大而规高，吾君不能用也。乃我请君塞两耳，无听谈者。虽然，先生明日复来，吾请资先生厚用。"

明日来，抵掌而谈。李兑送苏秦明月之珠，和氏之璧，黑貂之裘，黄金百镒。苏秦得以为用,西入于秦。

①箧:小箱子。

②橐:没有底的口袋。

③谈粗:即粗略交谈。

苏秦对李兑说:"洛阳乘轩里的苏秦,家境贫寒,双亲年老,既无破车,又无劣马,没有桑枝做的车轮,又无蓬草编的车厢,只好打着绑腿,穿着草鞋,挑着书箱,背着行囊;白天迎着尘土上路,晚上忍受霜露歇宿;越过黄河、漳河,脚磨出了硬茧,日行百里,才得以投宿,这才来到贵官邸外面的边楼,希望能够受到接见,谈论天下的大事。"李兑说:"先生如果用鬼话来见我,倒还可以,如果说的是人间的什么事,我都知道了。"苏秦说:"我本是用鬼话来见您的,不说人间的事。"李兑接见了他。苏秦说:"我今天来晚了,外城门已经关闭,找不到寄宿的地方,就在别人的田里过夜,旁边有个神丛。半夜里,泥人与木偶在争吵。泥人说:'你不如我,我是土做的,如果碰上急风大雨,我被水冲坏,仍然和土混在一起。可是,你不是树木的根,只是枝条而已,如果碰上急风大雨,你就会漂进漳河里,东流到海中,不知会漂到哪里去了。'我私自认为泥人胜了。现在您杀了主父赵武灵王,您所处的地位比累起的鸡蛋还要危险。您如果听我的计策,还有一条活路,如果不听我的计策,只有死路一条。"李兑说:"先生您回住所去休息吧,明天再来见我。"苏秦便离开了李兑的官邸。

李兑的门客对李兑说："我看您和苏秦谈论，他的辩才要超过您，他的渊博也超过您，您能够听从苏秦的计策吗？"李兑说："不能。"门客说："您如果不能，希望您就塞住两只耳朵，不要听他谈的。"第二天，苏秦又来拜见李兑，谈了一整天，去了。门客送苏秦出来，苏秦对门客说："昨天我粗略地谈，奉阳君心有所动；今天我细致地谈，他却无动于衷，这是为什么？"门客说："先生所定的计策，宏大而高远，我们奉阳君不能采用。是我请他塞住两耳，不去听您所谈的。即使这样，先生明日再来，我要求资助先生以足够的费用。"第二天，双方又谈得非常投机，李兑赠送苏秦明月之珠、和氏之璧、黑貂之裘及黄金百镒。苏秦就拿了这些作为活动费用，西入秦国。

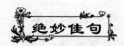

绝妙佳句

先生之计大而规高，吾君不能用也。乃我请君塞两耳，无听谈者。

苏秦使秦返赵

苏秦为赵王使于秦，反，三日不得见。谓赵王曰："秦乃者过柱山，有两木焉，一盖呼侣①，一盖哭。问其故，对曰：'吾已大矣，年已长矣，吾苦夫匠人，且以绳墨案规矩刻镂我。'一盖曰：'此非吾所苦也，是故吾事也。吾所苦夫铁钻然，自入而出夫人者！'今臣使于秦而三日不见，无有谓臣为铁钻者乎？"

①侣：伴侣。

苏秦为赵王出使秦国，自秦国返回赵国，过了三天，赵王未接见苏秦。随后苏秦对赵王说："我从前路过柱山，那儿有两棵树，一棵树在呼唤伴侣，另一棵树在哭泣。我问它们为什么这样，哭泣的树回答我说：'我已长大了，工匠要用绳墨裁锯我，要按规矩雕刻我，因此我很痛苦。'另一个回答说：'我并不以此为苦，这是我的本分，我所感到痛苦的是，像人们用铁钻钻木一样，想钻进就钻进，想退出就退出。'现在我出使秦国，回到赵国，您过了三天也不见我。难道不是把我当作钻木的铁钻一样，想钻进就钻进，想退出就退出，任凭摆布吗？"

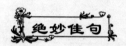

绝妙佳句

此非吾所苦也，是故吾事也。吾所苦夫铁钻然，自入而出夫人者！

作者简介

　　班固（公元 32 年—92 年），字孟坚，扶风安陵（今陕西阳东）人，出身于豪富兼外戚的家庭。9 岁便能作诗文，16 岁入洛阳太学就读，他博览群书，穷究诸子百家学说，熟悉汉史掌故。班固的父亲班彪，继《史记》之后，作《后传》六十五篇。班彪死，班固继承父业，完成《汉书》一百卷。班固死时，《汉书》的八表和《天文志》还没有完成，后来由班固妹班昭等人补写。

　　《汉书》是东汉时期（公元 25 年—公元 220 年）最重要的历史著作，由东汉史学家班固所著。《汉书》起自汉高祖刘邦，止于平帝、王莽，写了西汉王朝二百多年的历史，是我国第一部断代史。

　　《汉书》沿用《史记》的体例而略有变更，全书由纪、表、志、传四个部发组成，共 100 篇（后人分为 120 卷），计 80 余万言，有十二帝纪、八表、十志、七十列传。其中列传收录了西汉时期中外有中国特色人物，民族和国家的传记，共有近 400 名历史人物的事迹，传是《汉书》中篇幅最长、字数最多的部分。

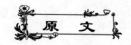

曲突徙薪

客有过①主人者，见其灶直突②，傍有积薪③。容谓主人曰："曲其突，远其积薪；不者④，将有火患。"主人嘿然⑤不应。俄而家果失火，邻里共救之，幸而得息⑥。于是杀牛置酒，谢其邻人，灼烂者在于上行，余各以功次坐，而不录言曲突者。人谓主人曰："乡⑦使听客之言，不费牛酒，终亡⑧火患。今论功而请宾，曲突徙薪无恩泽，焦头烂额为上客耶？"主人乃悟而请之。

文学常识丛书

①过：做短暂的拜访、访问。

②突：烟囱。

③薪：柴草。

④不（fǒu）者：否则。

⑤嘿（mò）然：不作声。

⑤息：同"熄"。

⑦乡：同"向"。乡使：假使。

⑧亡：同"无"。

　　有位客人拜访一家主人，看见他家灶上的烟囱是直的，灶旁又堆着柴禾。他就对主人说："应该把烟囱改弯，把柴禾挪远点；不然的话，会发生火灾的。"主人听了一声不响。不久，这家果然失火了，邻居一齐来救，幸好火被扑灭了。于是主人就杀牛摆酒席，酬谢邻居，请被火烧伤的人坐在上席，其余的人各按功劳大小入座，却没有去请劝告过他改弯烟囱、搬走灶旁柴禾的人。有人就对主人说："假如你接受了客人的意见，那就不用破费牛酒，也不会有火灾了。现在按救火的功劳来答谢那些救火的人，劝你曲突徙薪的人却没有恩泽，烧得焦头烂额的人倒作为上客吗？"主人经他一讲才省悟到，立即去请来了那个客人。

诙谐闲趣

　　今论功而请宾，曲突徙薪无恩泽，焦头烂额为上客耶？

作者简介

刘向(约公元前 77 年—公元前 6 年)西汉经学家、目录学家、文学家。本名更生,字子政,沛(今江苏沛县)人。汉初楚元王(刘交)四世孙。治《春秋穀梁传》。曾任谏大夫、宗正等。以阴阳灾异附会时政,屡次上书劾奏外戚专权。成帝时,任光禄大夫,终中垒校尉。曾校阅皇家藏书,撰成《别录》,为我国最早的目录学著作。所作《九叹》等辞赋三十三篇,绝大部分已亡佚。原有集,已佚,明人辑有《刘中垒集》。所著另有《洪范五行传》《新序》《说苑》《列女传》等,今存。又有《五经通义》,亦佚,清马国翰《玉函山房辑佚书》辑存一卷。

赵将括母

赵将马服君赵奢①之妻，赵括之母也。秦攻赵，孝成王使括代廉颇为将。将行，括母上书言于王曰："括不可使将。"王曰："何以？"曰："始妾事其父，父时为将，身所奉饭者②以十数，所友者以百数；大王及宗室所赐币帛，尽以与军吏、士大夫；受命之日，不问家事。今括一旦为将，东向而朝军吏，吏无敢仰视之者；王所赐金帛，归尽藏之；乃日视便利田宅可买者。王以为若其父乎？父子不同，执心各异。愿勿遣！"王曰："母置③之，吾计已决矣。"括母曰："王终遣之，即有不称，妾得无随乎？"王曰："不④也。"括既行，代廉颇。三十余日，赵兵果败，括死军覆。王以母先言，故卒不加诛。

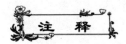

注 释

①赵奢：战国时赵国的大将。马服君是封号。

②所奉饭者：所供养的人。

③置：放下不管。

④不：同"否"。

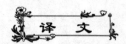

　　赵国的大将、封为马服君的赵奢的妻子，是赵括的母亲。这一年秦国攻打赵国，赵孝成王命令赵括代替廉颇为大将。将要出征，赵括的母亲呈上书信向赵王诉说道："赵括不可以被任命大将。"赵王问道："这是为什么呢？"赵括的母亲说："原先我事奉赵括的父亲时，孩子的父亲当时身为大将。他用自己的奉禄供养的食客要以'十'这个数目来计算；他所结交的朋友要以'百'这个数目来计算；国王和王室贵族赐赠的钱财丝绸，他统统都把它们分给军吏、士大夫；从接受出征命令的日子起，就不再过问家中私事。现在赵括一日做了大将，面向东接受军吏的拜见，军吏中没有敢于抬头亲近地看他的人；赵王所赐赠的金钱丝绸，他回家后也统统收藏起来；况且每天寻找可买的合宜的田地房屋，总想扩充自己的私有。国王您认为他像他的父亲吗？父亲、儿子不同，居心有着差异。我希望国王不要派遣赵括为大将领兵出征了吧！"赵王说："作为赵括的母亲，你还是放下这事不要管了吧，我的计划已经决定了。"越括的母亲说："国王您最终要派遣他为将，那么如果有了不称大将职责的情况发生，我这个老妇人能够不随着受处罚吗？"赵王说："不会连累你的。"

　　赵括既已领兵出征，代替廉颇才三十多天，赵军果然大败，赵括战死而赵军倾覆。赵王因赵括的母亲有言在先，所以终于没有加罪于她。

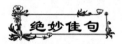

　　始妾事其父，父时为将，身所奉饭者以十数，所友者以百数；大王及宗室所赐币帛，尽以与军吏、士大夫；受命之日，不问家事。

作者简介

刘义庆(公元403—444年),彭城(今江苏涂州市)人,南朝宋文学家。宋武帝刘裕侄,长沙景王刘道怜次子,继于叔父临川王刘道规,袭封临川王,征为侍中。文帝时,转散骑常侍、秘书监,逃度支尚书,迁丹阳尹,加辅国将军。后任尚书左仆射,加中书令,出为荆州刺史,再转任南兖州刺史,加开府仪同三司。后因疾还京,卒年41,谥康王。

刘义庆秉性简素,寡嗜欲,爱好文义。撰有《世说新语》八卷。《世说新语》可能是他和门下文人杂采众书编纂润色而成。这部书记载了自汉魏至东晋的遗闻轶事。所记虽是片言数语,但内容非常丰富,广泛地反映了这一时期士族阶层的生活方式、精神面貌及其清谈放诞的风气。

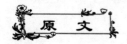

鹦鹉灭火

有鹦鹉飞集他山,山中禽兽辄相爱重。鹦鹉自念虽乐,不可久也,便去。后数月,山中大火。鹦鹉遥见,便入水沾羽,飞而洒之。天神言:"汝虽有志意,何足云也!"对曰:"虽知不能救,然尝侨①是山,禽兽行善,皆为兄弟,不忍见耳。"天神嘉感,即为灭火。

①尝侨:尝,曾经;侨,侨居。

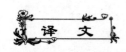

有群鹦鹉飞到别的山里,山中的禽兽总是对它们很爱惜和看重。鹦鹉自己想(这样)虽然很开心,不可能久在这儿待的,(后来)就离开了。几个月以后,(那)山里发生大火。鹦鹉从远处看见,便钻入水里沾湿羽毛,飞过去洒水灭火。天神说:"你虽有这样的决心,(如此救火)于事无补啊!"回答说:"虽然知道无法救火,但是曾经侨居这座山,山中的禽兽相待友善,大家都是兄弟,不忍心见它们如此啊。"天神赞许并被感动，便为它们灭火。

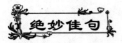

绝妙佳句

虽知不能救，然尝侨是山，禽兽行善，皆为兄弟，不忍见耳。

谈谐阁趣

83

作者简介

范晔(公元398—445年),字蔚东,南朝顺阳(今南阳淅川县)人,中国古代著名的史学家。范晔自幼好学,博览经史,善属文,能隶书,曾任吏部尚书郎。宋文帝元嘉元年(公元424年)因事触怒刘义康,后迁为宣城郡(郡治在今安徽宣城)太守。元嘉二十二年(公元445年),因有人告发他密谋拥立刘义康,以谋反罪被处以死刑,享年48岁。

范晔一生对社会的最大贡献是撰写了被后人称为前四史之一的《后汉书》。范晔以《东观汉记》为蓝本,对其他各家撰著博采众长,斟酌取舍,并自定体例,写成《后汉书》。《后汉书》继承了《史记》《汉书》的纪传风格,叙事简明而周详,记事择要而不漏。

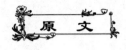

乐羊子妻

河南①乐羊子之妻者,不知何氏②之女也。

羊子尝行路,得遗金一饼③,还以与妻,妻曰:"妾闻④志士不饮盗泉之水⑤,廉者不受嗟来之食⑥,况拾遗求利以污其行乎!"羊子大惭,乃捐⑦金于野,而远寻师学。

一年来归,妻跪问其故,羊子曰:"久行怀思,无它异也⑧。"妻乃引刀趋机⑨而言曰:"此织生自蚕茧,成于机杼⑩。一丝而累⑪,以至于寸,累寸不已,遂成丈匹。今若断斯⑫织也,则捐失成功⑬,稽⑭废时日。夫子⑮积学,当日知其所亡⑯,以就懿德⑰;若中道而归,何异断斯织乎?"羊子感其言,复还终业⑱。

85

①河南:郡名,现在河南省洛阳市一带。

②何氏:姓什么的人家,哪一家。

③遗金一饼:一块丢失的金子。

④妾闻:我听说过。妾,古代女子自称的谦词。

⑤志士不饮盗泉之水:有志气的人不喝盗泉的水。盗泉:泉的名称,在现在山东省泗水县。

⑥廉者不受嗟来之食:方正的人不接受不敬的施舍。廉:廉隅,方正。

⑦捐:丢弃。

⑧无它异也:意思是,没有别的意外的事。

⑨引刀趋机:拿起刀来,走到织布机跟前。趋:快步走。

⑩机杼(zhù):泛指织布的工具。机:织布机。杼:织布的梭子。

⑪一丝而累:一根丝一根丝的积累起来。

⑫斯:此,这。

⑬捐失成功:意思是失去成功的机会。

⑭稽(jī):迟延。

⑮夫子:这里是古代妇女对丈夫的尊称。

⑯日知其所亡:每天学到自己所不知道的东西。亡:同"无"。

⑰以就懿(yì)德:用以成就你的美德。懿,美好(多指德行)。

⑱终业:修完自己的学业。

译文

河南郡乐羊子的妻子,不知道是谁家的闺女。

羊子在走路时,曾经拾到别人丢失的一块金子,回到家里把它交给妻子,妻子说:"我听说有志气的人不喝盗泉里的水,有廉耻的人不接受不敬的施舍,何况拾别人遗失的东西牟取私利而玷污自己的品行呢!"羊子非常惭愧,就把金子扔到野外,到远方去寻师求学。

过了一年羊子回来了,妻跪着问他回来的原因,羊子说:"出门久了心里想念,没有别的事情。"妻子就拿起刀来,快步走到织布机前说:"这织物是从养蚕纺丝开始,再在织布机上织成。一根丝一根丝地积累起来,以至成寸,一寸一寸不断积累,才成丈成匹。现在如果割断这织物,就丧失了已取得的成绩,白费时光。你做学问,应当'每天学到自己所不知道的东西',

用来成就美德;如果中途回来,跟割断这织物有什么不同呢?"羊子被她的话感动了,又回去修完自己的学业。

妾闻志士不饮盗泉之水,廉者不受嗟来之食,况拾遗求利以污其行乎!

作者简介

邯郸淳,字子叔,一名竺,颖川人。初平中客荆州,后归曹公。黄初初为博士给事中,有集二卷。

邯郸淳编撰的《笑林》被誉为中国古典第一部笑话集。《笑林》所收民间笑话,反映了一些人情世态,讽刺了悖谬的言行,生动有趣。此书在《隋书》、新旧《唐书》中都称三卷,到宋代佚亡。其中一些笑话散存于《艺文类聚》《太平广记》《太平御览》等类书中。

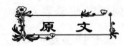

楚人隐形

楚人贫居,读《淮南方》,得"螳螂伺蝉自鄣①叶可以隐形",遂于树下仰取叶——螳螂执叶伺蝉,以摘之。叶落树下,树下先有落叶,不能复分别。扫取数斗归,一一以叶自鄣,问其妻曰:"汝见我不?"妻始时恒答言"见",经日②,乃厌倦不堪,绐③云"不见"。嘿然大喜,赍④叶入市,对面取人物。吏遂缚诣县。县官受辞⑤,自说本末,官大笑,放而不治。

①鄣:通"障",遮蔽。

②经日:一整天。

③绐:欺骗。

④赍:带着。

⑤受辞:指审问。

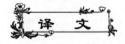

有个楚国人,过着贫穷的日子,一次读《淮南方》这本书,看到书中写有"螳螂窥探蝉时用树叶遮蔽自己的身体,可以用这种方法隐蔽自己的形

体",于是就在树下仰起身子摘取树叶——就是螳螂窥伺蝉时使着隐身的那片树叶,来摘取它。这片树叶落到树底下,树下原先已经有许多落叶,不能再分辨哪片是螳螂隐身的那片树叶。楚人便扫集收取树下的好几筐树叶拿回家中,一片一片地用树叶遮蔽自己,问自己的妻子说:"你看得见我不?"妻子开始总是回答说"看得见",整整过了一天,就厌烦疲倦得无法忍受,只得欺骗他说"看不见了"。楚人内心暗自高兴,携带着对叶进入集市,当着面拿取人家的货物。于是差役把他捆绑起来,送到了县衙门里。县官当堂审问,楚人自己诉说了从头到尾的经过,县官大笑起来,释放了他,没有治罪。

绝妙佳句

一叶障目而不见泰山。

作者简介

陈寿(公元 233—297 年),字承祚,西晋巴西安汉(今四川南充)人。年少好学,师事同郡学者谯周,在蜀汉时任观阁令史。当时,宦官黄皓专权,大臣都曲意附从。陈寿因为不肯屈从黄皓,所以屡遭遭黜。入晋以后,历任著作郎、治书待御史等职。公元 280 年,晋灭东吴,结束了分裂的局面。陈寿当时 48 岁,开始撰写《三国志》。

《三国志》是一部记载魏、蜀、吴三国鼎立时期的纪传体国别史。其中,《魏书》三十卷,《蜀书》十五卷,《吴书》二十卷,共六十五卷。记载了从魏文帝黄初元年(公元 220 年),到晋武帝太康元年(公元 280 年)60 年的历史。

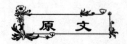

曹冲称象

曹冲生五六岁，智意①所及，有若成人之智。时孙权曾致②巨象，太祖③欲知其斤重，访之群下，咸莫能出其理④。冲曰："置象大船之上，而刻其水痕所至，称物以载之，则校⑤可知。"太祖悦，即施行焉。

注释

①智意：知识和判断能力。

②致：送来。

③太祖：魏太祖曹操，曹冲的父亲。

④咸莫能出其理：都不能想出称象的办法。咸，都；出，想出；其，指称象；理，文中有"办法"的意思。

⑤校（jiào）：比较。

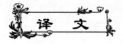
译文

曹冲长到五六岁，（他的）知识和判断能力所达到的（水平），已经比得上成年人的智慧。当时（吴国的国君）孙权送来了（一头）大象，魏太祖曹操想知道大象的重量，向手下的人询问这件事，（他们）都想不出称象的办法。曹冲说："（先）把象放到大船上，并且在大船外边河水所能达到、留下痕迹的地方刻上记号,(然后牵下大象,)将石头等物称了以后运载到大船上,(随时察看大船"吃水"的位置,)经过比较就可以知道大象的斤重。"曹操听了以后很高兴,立即按这个办法做了。

冲曰:"置家大般之上,而刻其水痕所至,称物以载之,则校可知。"

谈谐闲趣

作者简介

干宝(？—336年)字令升。祖籍河南新蔡,幼随父莹南迁,定居海盐。年轻时勤奋好学,博览群书,召为著作郎。后参与镇压荆湘流民起义,赐爵关内侯。东晋初,朝政草创,经王导推荐,领修国史。历任山阴令、始安太守、司徒右长史、散骑常侍等官。传干宝少时,父死葬于溆浦青山。父有一宠婢,宝母甚妒,推婢于墓中以殉,未料"死而复生"。干宝因受其事感触,撰《搜神记》。

《搜神记》是魏晋志怪小说代表作,书中多述神仙鬼怪故事,保存了不少古代优美的传说和民间故事,其中许多名篇,如《董永卖身》《相思树》《干将莫邪》《李寄斩蛇》等,不仅在民间广泛流传,而且给后世文学创作以深远影响。干宝学识博通,其著述多已不传。

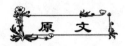

李寄斩蛇

东越闽中有庸岭,高数十里,其西北隰①中有大蛇,长七八丈,大十余围。土俗常惧。东冶都尉及属城长吏,多有死者。祭以牛羊,故不得福。或与人梦,或下谕巫祝,欲得啖②童女年十二三者。都尉、令、长并共患之。然气厉不息。共请求人家生婢子,兼有罪家女养之。至八月朝祭,送蛇穴口,蛇出吞啮之。累年如此,已用九女。

尔时预复募索,未得其女。将乐县李诞,家有六女,无男。其小女名寄,应募欲行。父母不听。寄曰:"父母无相,惟生六女,无有一男,虽有如无。女无缇萦济父母之功,既不能供养,徒费衣食,生无所益,不如早死。卖寄之身,可得少钱,以供父母,岂不善耶!"父母慈怜,终不听去。寄自潜行,不可禁止。

寄乃告请好剑及咋蛇犬。至八月朝,便诣庙中坐,怀剑将犬。先将数石米餈,用蜜麨灌之,以置穴口。蛇便出,头大如囷,目如二尺镜,闻餈③香气,先啖食之。寄便放犬,犬就啮咋,寄从后斫得数创。疮痛急,蛇因踊出,至庭而死。寄入视穴,得九女髑髅,悉举出,咤言曰:"汝曹怯弱,为蛇所食,甚可哀愍!④"于是寄乃缓步而归。

①隰:音 xí,低湿的地方。

②啖:音 dàn,吃或给别人吃。

③餈:糍粑。

④愍:音 mǐn,同"悯"。

译　文

　　东越的闽中地区有一座庸岭,山高几十里,岭西北山洞里有一条大蛇,七八丈长,十几围粗,当地人常常害怕它。东冶郡都尉及属县的县吏也有不少被它伤害死的。于是人们用牛羊去祭祀,但照样得不到保佑。有时候托梦给人,有时候下告巫祝,说蛇要吃十二三岁的女孩子。都尉和县官都为这件事大伤脑筋。可是大蛇妖气造成的灾害并不因此停息。大家一起寻找家生女婢和犯罪人家的女孩,先把她养着,等八月初祭期一到,就把她送到大蛇洞口。大蛇一出洞就吞吃了小女孩。接连好多年都是这样,已经断送了九个小女孩的生命。

　　这一年,又在预先寻求招募祭蛇用的小女孩,还没有找到合适的。将乐县李诞家里有六个女儿,没有儿子。小女儿名叫李寄,想自愿去应招。父母不同意。李寄说:"爹妈的命相不好,只生了六个女儿,连一个儿子也没有,虽说有后代,却和没有一样。我没有缇萦那种能给父母解救苦难的力量,既然不能供养双亲,只是白白地浪费衣食。活着没有什么益处,倒不如早点死掉。卖掉我还可以得到一点钱,拿来供养爹妈,难道不好吗!"父母疼爱孩子,始终不允许她去应招。李寄偷偷地一个人溜走了,父母制止不了。

　　李寄向官府请求赐给她锋利的宝剑和咬蛇的猎狗。到了八月初祭那

文学常识丛书

天,她便带上剑,牵着狗,来到庙中坐下。她预先用几石米拌上蜜糖,做成糍粑,放在蛇洞口。大蛇爬出洞外,头大得像个圆顶粮屯,眼睛像两面二尺阔的铜镜子。蛇闻到糍粑的甜香气味,就先大口吞食起来。李寄立即放出猎狗,那狗冲上前去咬大蛇。李寄又从后边用宝剑砍伤了蛇几处。蛇受不了伤口剧痛,就猛然跃了出来,窜到庙中院子里死掉了。李寄进洞一看,发现九具女孩留下的头骨。她从洞中把这些头骨全拿出来,痛惜地说:"你们这些人软弱胆小,结果被蛇吃掉了,真值得怜悯啊!"说完,李寄就缓步回家去了。

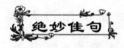

遇事无难易,而勇于敢为。

97

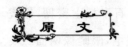

二人并走①

前秦苻融为冀州牧②。有老姥③遇劫于路，唱贼④，路人为逐擒之。贼反诬路人，时已昏黑，莫知其孰是⑤，乃俱送之。

融见而笑曰："此易知耳，可二人并走，先出凤阳门者非贼。"既而还入，融正色⑥谓后出者曰："汝⑦真贼也，何诬人乎？"贼遂服罪。盖以贼若善走，必不被擒，故知不善走者贼也。

①并走：一起跑。走：古汉语中是"跑"的意思。

②前秦苻(fú)融为冀(jì)州牧：前秦苻融任冀州的行政长官。前秦，晋朝末年氐(dǐ)族人在中国北部建立的秦国。冀州：在现在的河北省一带。牧：州的行政长官。

③姥(mǔ)：年长的妇人。

④唱贼：拉长声音喊"有贼"。

⑤孰是：哪一个是（贼）。

⑥正色：板着面孔，态度严肃。

⑦汝：你。

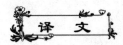

前秦苻融任冀州州牧。有个老妇人在路上遇到抢劫,连声呼喊"有强盗",(强盗慌张逃跑),一个行路人追赶上去为老妇人捉住强盗。强盗反咬一口诬陷行路人(抢劫),这时天色已经昏黑,没有人知道其中哪个是(强盗),于是就把他们都押送到(官府)。

苻融(在公堂上)见到他们后笑着说:"这是容易知道的,可以让两个人一齐跑,先跑出凤阳门的不是强盗。"(二人先后出凤阳门,)随即回到(公堂),苻融把脸一板问后跑出(凤阳门)的人:"你是真的强盗,为什么要诬陷别人呢?"强盗终于低头认罪。这是由于强盗如果跑得快,必然不会被(行路人)捉住,苻融正是凭着这样的分析判断,因而知道跑得不快的那个人是强盗。

谈谐用趣

99

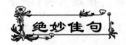

绝妙佳句

此易知耳,可二人并走,先出凤阳门者非贼。

作品简介

《晋书》是记述西晋、东晋历史的纪传体史书。含本纪十卷，志二十卷，列传七十卷，载记三十卷，共一百三十卷。叙事自司马懿始，到刘裕取代东晋为止。并用载记形式兼叙割据政权十六国史事。

从西晋末经东晋南朝，不断有人编写晋朝历史，达数十种。唐修晋书时，旧晋书尚存者十八家，如王隐、虞预、谢沈、臧荣绪、萧子云各有《晋书》，陆机、干宝、曹嘉之、邓粲、刘谦之、涂广各有《晋纪》，何法盛有《晋中兴书》，孙盛有《晋阳秋》，檀道鸾有《续晋阳秋》等等。其中或只叙述西晋历史，或延续到东晋而未完，或只记述东晋几朝。只有南齐臧荣绪的《晋书》包括西晋、东晋，分为纪、录、志、传，共一百一十卷，最为完备。宋谢灵运、梁沈约也都著有《晋书》。唐修《晋书》完成后，这些旧《晋书》逐渐亡佚。

贞观二十年（公元 646 年），唐太宗李世民下诏撰修《晋书》，二十二年成书。今本《晋书》题作唐太宗文皇帝御撰，因书中宣帝（司马懿）、武帝（司马炎）、陆机、王羲之四篇论赞出于唐太宗之手。实际上主持编纂工作的，是司空房玄龄、中书令褚遂良、太子左庶子许敬宗。分头执笔的，有中书舍人李义府、起居郎上官仪等。最后由令狐德棻、敬播等审阅订正，全书体制多取决于德棻。

文学常识丛书

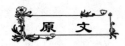
杯弓蛇影

尝①有亲客②,久阔③不复来,广④问其故,答曰:"前在坐,蒙⑤赐酒,方欲饮,见杯中有蛇,意甚恶之⑥,既饮而疾⑦。"于时⑧河南⑨听事⑩壁上有角⑪,漆画作蛇⑫。广意⑬杯中蛇即角影也。复置酒于前处,谓客曰:"酒中复有所见不⑭?"答曰"所见如初。"广乃告其所以⑮,客豁然意解⑯,沈痾⑰顿愈。

①尝:曾经。

②亲客:关系密切的朋友。

③久阔:久别不见。

④广:即乐(yuè)广,字彦辅,河南阳淯(yū)(今河南省阳市附近)人。

⑤蒙:承受。承人厚意,表示感谢时常用的谦词。

⑤意甚恶(wù)之:心里非常厌恶它。意,心里。之,指杯中所见之物。

⑦既饮而疾:喝下去以后,就生起病来了。疾,得病。

⑧于时:在当时。

⑨河南:郡名,在今河南省北部。乐广当时任河南尹。

⑩听事:官府办理政事的厅堂,亦作"厅事"。

⑪角:即装饰有犀角之类的弓。

101

⑫漆画作蛇：用漆在弓上画了蛇。

⑬意：意料，想。

⑭不：同"否"。

⑮所以：因由，原因。

⑯意解：不经直接说明而想通了某一疑难问题，放下了思想负担。

⑰沈疴（kē）：长久而严重的病。沈：同"沉"，疴：重病。

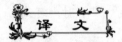

译文

　　乐广有一位亲密的朋友，分别很久而没有再来了。乐广问到原因时，有人告诉说："前些日子他来你家做客，承蒙你的厚意，正端起酒杯要喝酒的时候，仿佛看见杯中有一条小蛇在晃动。心里虽然十分厌恶，可还是喝了那杯酒。回到家里，就身得重病。"当时河南听事堂的墙壁上挂着一张角弓，上面还用漆画了一条蛇。乐广心想，杯中所谓的小蛇无疑就是角弓的影子了。于是，他便在原来的地方再次请那位朋友饮酒。问道："今天的杯中还能看到小蛇吗？"朋友回答说："所看到的跟上次一样。"乐广指着墙壁上的角弓，向他说明了原因，客人恍然大悟，积久难愈的重病一下子全好了。

　　杯弓蛇影：把酒杯中的弓影当成了蛇。比喻因疑神疑鬼而自惊自怕。

作品简介

　　《新唐书》记载唐朝历史的纪传体史书。二百二十五卷,内帝纪十卷,志五十卷,表十五卷,列传一百五十卷。北宋宋祁(998—1061年)、欧阳修等撰,前后费时17年,宋仁宗嘉祐五年(1060年)全书完成。《新唐书》删去《旧唐书》中六十一人列传,增写三百三十一人列传,还增加志三篇,表四篇。全书所载史事比《旧唐书》多,特别是晚唐时的史事,比《旧唐书》大为充实。但为了追求事增文省,因而有不少删节失实之处。

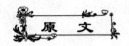

牛角挂书

密①以蒲鞯②乘牛,挂《汉书》一帙③角上,行且读。越国公杨素④适见于道,按辔⑤蹑其后,曰:"何书生勤如此?"密识素,下拜。问所读,曰:"《项羽传》。"因与语奇之。归谓子玄感曰:"吾观密识度⑥,非若等辈⑦。"玄感倾心结纳⑧。……大业⑨九年,玄感举兵黎阳⑩,遣人入关⑪迎密。

注 释

①密:李密,隋末参与杨玄感起兵反隋,失败后投农民起义军瓦岗军,成为首领。

②鞯(jiān):衬托马鞍的垫子。

③帙(zhì):书套,文中指书卷。

④杨素:隋朝掌权的大臣,封为越国公。

⑤按辔(pèi):按捺住马缰绳。辔:马缰绳。

⑥识度:见识和风度。

⑦非若等辈:不同于你们这般人。若:你,你们。

⑧结纳:结交。

⑨大业:隋炀帝年号。

⑩黎阳:地名,今河南省濬县。

文学常识丛书

⑪关：指函谷关。

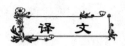

　　李密用蒲草做成的垫子乘着牛，挂一卷《汉书》在牛角上，一边行路一边读书。越国公杨素在道中恰巧见到李密。（于是）按捺着马缰绳跟随在他的后面，问道："书生为什么如此勤奋？"李密认识杨素，（立即）俯身行礼。（杨素）问他所读的书，（李密）回答说："读的是《汉书》中的《项羽传》。"（杨素）便同（李密）交谈起来，认为这人奇特。回到家里对九子杨玄感说："我看李密的见识和风度，不同于你们这般人。"（后来）杨玄感就一心结交（李密）。……隋炀帝大业九年，杨玄感在黎阳起兵反隋，派人进入函谷关迎接李密。

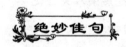

　　吾观密识度，非若等辈。

作者简介

柳宗元（公元 773—819 年），唐代文学家。字子厚，唐代河东（今山西省芮城县、运城县一带）人。幼年好学且聪颖，攻读了百家诸子。21 岁中进士，做过县尉、监察御史等。后参加王叔文集团，主张革新除弊，失败后，被贬为永州司马。当时永州一带人烟稀少，经济落后，环境恶劣，在那里生活了 10 年。后又贬为柳州刺史，任上政绩卓著。47 岁病死任上。

柳宗元对唐代古文运动有独特的贡献，是唐宋八大家之一。和韩愈一样，他也强调"文"与"道"的关系，因此对骈文持批判态度。他的散文比较偏重于情感的含蓄表达方式，最受称道的是那些山水游记。柳宗元的山水游记并不是单纯描摹景物，记录旅次，而是注情观照，然后又借景物来抒写胸臆，即心与笔"漱涤万物，牢笼百态"。因此这些记游散文是他人生的个性审美的结晶，开创了一种更为文学化、抒情化的散文类型。《永州八记》最为著名。柳宗元留下的诗歌 100 多首，在自然朴实的语言中蕴含了幽远的情思。有《柳河东全集》传世。

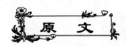

黔之驴

黔①无驴,有好事者②船载以入③。至则④无可用,放之山下。虎见之,庞然⑤大物也,以为神⑥,蔽⑦林间窥⑧之。稍⑨出近之,慭慭然⑩莫相知⑪。

他日,驴一鸣,虎大骇,远遁⑫;以为且噬己⑬也,甚恐。然⑭往来视之,觉无异能者⑮;益习⑯其声,又近出前后,终不敢搏⑰。稍近,益狎⑱,荡倚冲冒⑲。驴不胜怒⑳,蹄㉑之。虎因喜,计之㉒曰:"技止此耳㉓!"因跳踉㉔大㘎㉕,断其喉,尽其肉,乃去㉖。

107

①黔(qián):贵州的别称。

②好(hào)事者:喜欢多事的人。

③船载以入:用船装运(驴)进入(黔)。船,这里是用船的意思。载,后边省略"之",装运驴的意思。"船载"是修饰动词"入"的。

④则:却。

⑤庞然:巨大的样子。

⑤以为神:把(它)当作神奇的东西。"以"后边省略"之"字。

⑦蔽:隐藏。

⑧窥(kūi):偷看。

⑨稍：渐渐。

⑩慭慭(yān yān)然：小心谨慎的样子。

⑪莫相知：不知道(它是什么东西)。相,这里表示一方对另一方的关系,不是互相的关系。

⑫遁(dùn)：逃走。

⑬以为且噬(shì)己：认为将咬自己。且,将。噬,咬。

⑭然：然而,但是。

⑮觉无异能者：觉得(驴)没有什么特殊本领似的。者,这里相当于"……似的"。

⑯习：熟悉,习惯。

⑰搏(bó)：扑、击。

⑱狎(xiá)：态度亲近而不庄重。

⑲荡倚冲冒：形容虎对驴轻侮戏弄的样子。荡：碰闯。倚：倚靠。冲：冲撞。冒：冒犯。

⑳不胜(shèng)怒：忍不住怒气。

㉑蹄：做动词用,踢。

㉒计之：盘算这件事。之：指上文所说驴生了气,只能踢的情况。

㉓技止此耳：本领不过这样罢了！止：只,不过。耳：语气词,相当于"罢了"。

㉔跳踉(liàng)：跳跃。

㉕㘎(hèn)：虎怒吼。

㉖去：离开。

贵州这地方本没有驴,有个喜欢多事的人用船运进一头驴来,运到之后却没有什么用途,就把它放在山脚下。一只老虎看到它是个形体高大、强壮的家伙,就把它当成神奇的东西了,隐藏在树林中偷偷观看。过了一会儿,老虎渐渐靠近它,小心谨慎的,不知道它究竟是个什么东西。

有一天,驴大叫起来,老虎吓了一大跳,逃得远远的;认为驴子将要咬自己了,非常害怕。可是老虎来来回回地观察它,感到它似乎也没有什么特殊的本领;渐渐听惯了它的叫声,又试探靠近驴子,在它周围走动,但终究不敢向驴进攻。老虎又渐渐靠近驴子,又进一步戏弄它,碰闯、依靠、冲撞、冒犯它。驴禁不住发起怒来,用蹄子踢老虎。老虎因而很高兴,心里盘算着说:"它的本事也就如此而已!"于是跳起来大声吼着,咬断了驴的喉咙,吃光了它的肉,然后才离开。

从"黔之驴"这个故事,我们可以得出:貌似强大的东西并不可怕,只要敢于斗争,善于斗争,就一定能战而胜之。

作者简介

　　李肇(约公元813年前后在世)，字里居、生卒年均不详，约唐宪宗元和中前后在世。累官尚书左司郎中，迁左补阙，入翰林为学士。元和中，坐荐柏耆，自中书舍人左迁将作监。肇著有翰林志一卷，国史补三卷，并传于世。

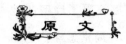

王积薪闻棋

王积薪①棋术功成，自谓天下无敌。将游京师，宿于逆旅。既灭烛，闻主人媪隔壁呼其妇曰："良宵难遣，可棋一局乎"妇曰："诺。"媪曰："第几道②下子矣。"妇曰："第几道下子矣。"各言数十。媪曰："尔败矣。"妇曰："伏局③。"积薪暗记，明日复其势④，意思皆所不及也。

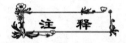

①王积薪：围棋高手。

②道：本文指围棋布子的位置，唐代围棋棋盘纵横九道线。双方均在横竖线交叉点布子。这里婆媳分居两室，都是心中虚设一盘，攻成过程全凭记。

③伏局：认输。

④复其势：复验那盘棋的局势，意思是按自己暗中记忆的，把那盘棋重新布子走一遍。

王积薪下棋的功夫很高超，自以为天下没有敌手。有一次他到京师

谈谐闲趣

去,路上借个小旅馆过夜。熄灯以后,听见旅馆老板老婆婆隔了墙壁叫她的媳妇,说:"今夜气候温和,没有什么消磨时光,和我下一局棋怎样?"媳妇回答说:"好。"老婆婆说:"我在第几道下一下。"媳妇说:"我在第几道下一子。"这样轮流说,各下了几十子。老婆婆说:"你输了!"媳妇说:"是我输了。"王积薪把两人下棋的过程记在心里。第二天,他用棋盘把她们下的棋重走一遍,发现两人下棋用意之妙,都是他远远比不上的。

精彩评析

山外有山,人外有人。

作者简介

　　欧阳修(1007—1072 年)，吉州庐陵(今江西吉安)人。字永叔，号醉翁，晚号六一居士。宋仁宗天圣八年(1030 年)进士。嘉佑五年(1060 年)，拜枢密副使。次年任参知政事。以后，又相继任刑部尚书、兵部尚书等职。熙宁四年(1071 年)六月，以太子少师的身份辞职，居颍州。卒谥文忠。

　　欧阳修一生博览群书，以文章冠天下。他文史兼通，造诣浪深，对宋代文风的改革颇有贡献，名列唐宋古文八大家之一。欧阳修在史学方面也浪有成就，编撰《五代史记》(《新五代史》)，并与宋祁等修《唐书》(《新唐书》)。

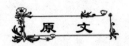

卖 油 翁

陈康肃公善射，当世无双，公亦以此自矜①。尝射于家圃②，有卖油翁释担而立，睨③之，久而不去。见其发矢十中八九，但微颔④之。

康肃问曰："汝亦知射乎？吾射不亦精乎？"翁曰："无他，但手熟尔。"康肃忿然曰："尔安敢轻吾射！"翁曰："以我酌⑤油知之。"乃取一葫芦置于地，以钱覆其口，徐以杓酌油沥之，自钱孔入，而钱不湿。因曰："我亦无他，惟手熟尔。"康肃笑而遣之。

①自矜(jīn)：自夸。

②圃(pǔ)：园子。文中指场地。

③睨(nì)：斜着眼看，形容不在意的样子。

④颔(hàn)之：颔，原意是下巴，这里是动词，点头。

⑤酌(zhuó)：斟酒，这里指倒油。

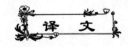

陈康肃公善于射箭，在当时是独一无二的，他也因此自以为了不起。

（他）曾在自家的菜园中射箭，一个卖油的老头儿放下担子，站在那儿，斜着眼睛看他，很长时间都不离去。（卖油的老头儿）看到他每十箭射中八九箭，只是微微点了点头。

陈康肃公问道："你也懂得射箭吗？我射箭的技艺不也是很精湛吗？"卖油翁说："（这）没有什么别的，只是手法熟练罢了。"康肃公恼怒地说："你怎么敢轻视我的射技呢？"卖油翁说："（怎么敢呢，）我凭倒油懂得了这个道理。"（说完）就拿来一个葫芦放在地上，用一枚铜钱盖在葫芦口上，慢慢地用勺子舀(yǎo)油往葫芦里倒，油从钱孔进入了葫芦，而铜钱却没有湿。他接着说："我也没有什么别的，只是手法熟练罢了。"康肃公笑着打发卖油翁走了。

诙谐阅趣

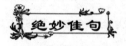

翁曰："无他，但手熟尔。"

作者简介

司马光（1019—1086 年），字君实，陕州夏县（现在属山西省）涑水乡人，世称涑水先生。宝元进士。仁宗末年任天章阁侍制兼侍讲知谏院。他立志编撰《通志》，作为封建统治的借鉴。治平三年（1066 年）撰成战国迄秦的八卷。英宗命设局续修。神宗时赐书名《资治通鉴》。王安石行新政，他竭力反对，与王安石在帝前争论，强调祖宗之法不可变。被命为枢密副使，坚辞不就，于熙宁三年（1070 年）出知永兴军（现在陕西省西安市）。次年退居洛阳，以书局自随，继续编撰《通鉴》，至元丰七年（1084 年）成书。

《资治通鉴》是我国历史上第一部编年体通史，由北宋名臣、史学家司马光负责编纂，历时 19 年，全书共 294 卷，记事上起周威烈王二十三年（前 403 年），下迄后周世宗显德六年（公元 959 年），前共 1362 年。《资治通鉴》的内容以政治、军事和民族关系为主，兼及经济、文化和历史人物评价，目的是要通过对事关国家盛衰、民族兴亡的统治阶级政策的描述，以警示后人。

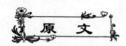

完璧归赵

赵王得楚和氏璧，秦昭王欲之，请易①以十五城。赵王欲勿与，畏秦强；欲与之，恐见欺②。以问蔺相如，对曰："秦以城求璧而王不许。曲③在我矣。我与之璧而秦不与我城，则曲在秦。均之二策④，宁许以负秦，臣愿奉璧而往；使⑤秦城不入，臣请完璧而归之！"赵王遣之。相如至秦，秦王无意偿赵城。相如乃以诈绐⑥秦王，复取璧，遣从者怀之，间⑦行归赵，而以身待命于秦。秦王以为贤⑧而弗诛，礼而归之。赵王以相如为上大夫。

注 释

①易：交换。

②见欺：被欺骗。

③曲：理亏。

④均之二策：比较这两个对策。均：衡量、比较；策：主意、办法。

⑤使：假使。

⑥绐（dài）：骗。

⑦间（jiàn）行：从小道走。

⑧贤：有德有才。

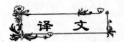
赵王得到了楚国的和氏璧,秦昭王想得到它,请求用十五个城邑交换。赵王不想给,(但)怕秦国强大;想给他吧,又怕被欺骗。来问蔺相如,回答说:"秦国用城邑请求换玉璧而您不答应,我们就理亏了。我们给他玉璧而秦国不给我们城邑,秦国就理亏了。衡量这两个办法,宁可答应秦国,让它担负责任。我愿意手捧玉璧前往。假使秦国十五个城邑不交入我国,我将把玉璧完整地带回来。"赵王派遣他去。相如到了秦国,秦王得了玉璧而没有偿付城邑的意思。于是相如用计谋骗秦王,又取玉璧在手。暗派随从人员把玉璧藏在身上,从小道回到了赵国,而他自己等候秦国的发落。秦王认为蔺相如有德有才,做了他应该做的事而没有杀他,予以礼待以后,让他回国。蔺相如完璧归赵立了功,赵王封他为上大夫。

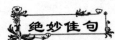
秦以城求璧而王不许。曲在我矣。我与之璧而秦不与我城,则曲在秦。均之二策,宁许以负秦,臣愿奉璧而往;使秦城不入,臣请完璧而归之。

作者简介

　　苏轼(1036 — 1101 年)，字子瞻，号东坡居士，四川眉山人。

　　苏轼不但是我国杰出的文学家，而且是卷入北宋政治斗争旋涡的中心人物之一。青年时代的苏轼以其横溢的才华和渊博的学识，22 岁中进士，26 岁入制科第三等，在仕途上一帆风顺。神宗初年王安石变法，苏轼上书反对，因此出为杭州通判，嗣转知密、涂、湖三州。元丰二年因作诗讽刺新法，自湖州任上追赴诏狱，狱竟，贵授黄州团练副使。哲宗幼年嗣位，旧党秉政，苏轼还朝任翰林学士。时执政大臣尽废新法，一意孤行，苏轼则主张保留新法中的免没法和裁抑贵族特权、增强国防力量等措施，因此又招致旧党里程颐一派的攻击排挤，先后出知杭州、颖州、扬州。哲宗亲政，新党东山再起，苏轼以垂暮之年，被贬至岭南惠州和海南岛儋州，元符三年遇救内迁，次年病卒於常州，时年 66 岁。

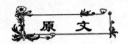
戴嵩画牛

蜀中有杜处士,好书画,所宝以百数。有戴嵩牛一轴,尤所爱,锦囊①玉轴,常以自随。一日曝书画,有一牧童见之,拊掌②大笑曰:"此画斗牛也! 斗牛力在角,尾搐③入两股间。今乃掉尾④而斗,谬矣!"处士笑而然⑤之。

古语有云:"耕当问奴,织当问婢⑥。"不可改也。

注 释

①囊(nǎng):袋子。此处指画套。

②拊(fǔ)掌:拍手。

③搐(chù):抽缩。

④掉尾:摇尾巴。

⑤然:认为对。

⑤婢(bēi):女佣人。

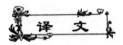
译 文

四川有个杜处士,喜爱书画,他所珍藏的书画有几百种。其中有一幅是戴嵩画的牛,尤其珍爱。他用锦缝制了画套,用玉做了画轴,经常随身带

文学常识丛书

着。有一天,他摊开了书画晒太阳,有个牧童看见了戴嵩画的牛,拍手大笑着说:"这张画是画的斗牛啊!斗牛的力气用在角上,尾巴紧紧地夹在两腿中间。现在这幅画上的牛却是摇着尾巴在斗,错了!"杜处士笑笑,感到他说得很有道理。

古人有句话说:"耕种的事应该去问农民,织布的事应该去问女佣。"这个道理是不会改变的呀!

绝妙佳句

耕当问奴,织当问婢。

作者简介

朱敦儒(1081—1159年)字希真,号岩壑,河南(治今河南洛阳)人。早有声名,但不愿为官。高宗绍兴二年(1132年),始应召入朝,赐进士出身,为秘书省正字,擢兵部郎中,迁两浙东路提点刑狱。秦桧为相时,任鸿胪少卿;桧死,遭罢免。早年生活放荡,词风尚婉丽。中年,逢北方沦陷于金,国破家亡,多感怀、忧愤之作,格调悲凉。晚年隐居山林,词多描写自然景色与自己闲适的生活。其词语言清畅,句法灵活自由。但多数词作带有浓厚的虚无思想,内容消极。著有《岩壑老人诗文》,已佚;今有词集《樵歌》。

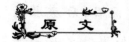

东方智士说

东方有人自号智士,才多而心狂。凡古昔圣贤与当世公卿长者,皆摘其短缺而非笑之。然地寒力薄,终岁不免饥冻。

里有富人,连第宅,甲其国中。车马奴婢,钟鼓帷帐物物惟备。一旦,富人召智士语之曰:"吾将远游,今以居第贷①子。凡室中金玉资生之具无乏,皆听子用,不计。期年还,则归我。"

富人登车而出,智士杖策而入。奴仆姣妾,罗拜堂下,各效其所典薄籍以听命,号智士曰"假公"。智士因遍观居第,富实伟丽过王者,喜甚。忽更衣东走圊②,仰视其室卑狭,俯阅其基湫③隘,心郁然不乐,召纲纪仆④让之曰:"此第高广而圊不称。"仆曰:"惟假公教。"

智士因令撤旧营新,狭者广之,卑者增之,曰如此以当寒暑,如此以蔽风雨。既藻⑤其梲⑥,又丹其楹⑦,至于聚筹⑧积灰,扇蝇攘蛆,皆有法度。事或未当,朝营夕改,必善必奇。智士躬执斤帚,与役夫杂作,手足疮茧,头蓬面垢,昼夜废眠食,忉忉⑨焉唯恐圊之未美也,不觉阅岁,成未落也。

忽阍者奔告曰:"阿郎至矣!"智士仓皇弃帚而趋迎富人于堂下。富人劳之曰:"子居吾第乐乎?"智士恍然自失曰:"自君之出,吾惟圊是务,初不知堂中之温密,别馆之虚凉。

北榭之风，南楼之月，西园花竹之盛，吾未尝倪目；后房歌舞之妙，吾未尝举觞。虫网琴瑟，尘栖钟鼎，不知岁月之及子复归而吾当去也。"

富人揖而出之。智士还于故庐，且悲且叹，悒悒而死。

市南宜僚闻而笑之，以告北山愚公。愚公曰："子奚笑哉？世之治圊者多矣！子奚笑哉？"

注　释

①贷：借。

②圊：音 qīng，厕所的意思。

③湫：音 jiǎo，低。

④纲纪仆：管家。

⑤藻：文彩，引申为彩绘。

⑥棁：音 zhuō，屋梁上的短柱。

⑦楹：房子的柱子。

⑧筹：古人投矢进壶之戏称为筹，此处引申为投掷抛弃之物。

⑨忉忉：操心忧愁的样子。

文学常识丛书

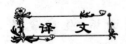

译　文

东方有个人自己取号为智士，多才而狂傲。凡是古代的圣贤和当世的高官学者，都要指摘他们的短处和缺点进行非议和讥笑。然而天寒地冻（他）劳动能力又差，终年不免挨饿受冻。

村里有个富人，宅第连成遍，富甲全国。车马奴婢，宝钟石鼓帷幔帐帘，样样齐备。一天，富人请来智士对他说："我就要出远门旅游，现在把居住的宅子借给您用。所有家里的金钱宝贝生活用品什么都不缺，都任凭您使用，绝不计较。等到一年后回来，就归还给我。"

富人上车走了，智士拄着拐杖来了。奴仆歌妓等下人，排列在堂下拜见，各自按照名册上列职务听从指派，称智士为"假公"。智士于是到宅子各处察看，（发现）其殷实富有雄伟华丽超过王家，非常高兴。一时要方便来到厕所，仰脸查看觉得厕所低矮狭小，低头审视发现地基浅窄，心中郁闷不乐，叫来管家责备道："这屋宇高大宽广厕所却不相称。"管家说："惟假公的教诲是听（假公怎么说怎么做）。"

智士于是命令拆除就的造新的，狭窄的地方改宽，低矮之处加高，说这样可以挡寒冷和暑气，那样可以遮蔽风雨。既在房梁上画彩绘，又将屋柱子涂红漆，以至于扫拢弃置杂物和灰尘，驱蝇灭蛆，都有讲究。有的事没做好，早晨做的晚上就得改，一定要尽善尽美标新立异。智士（还）亲自拿着斧头和扫帚，和工匠奴仆们为伍，手脚磨出茧，蓬头垢面，废寝忘食，忧心匆匆惟恐厕所不够美，不知不觉经过了一年，工程还未落成。

忽然（有一天）门人跑来告诉说："主人回来了！"智士赶忙丢下扫帚赶到堂下迎接富人。富人慰劳他说："您住在我这开心吗？"智士若有所失地说："自从您出门，我是惟厕所事为己任务，还不知道（你这）堂屋的温馨，别馆的清凉。北榭的风，南楼的月，西园花竹的茂盛，我都还没见识过；后房中歌舞曼妙，我还没举杯观赏过。琴瑟生虫蒙蛛网，钟鼎落满灰尘，不知不觉期限已到您也回来了而我也该离去了。"

富人作揖送他出门。智士回到原来的住房，伤心叹息，抑郁而死。

集市南边的宜僚听说了（这事）就讥笑他，把它告诉了北山的愚公。愚公说："您笑什么啊？世上修建厕所的人还多呢！您笑什么啊？"

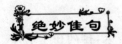

愚公曰："子奚笑哉？世之治圊者多矣！子奚笑哉？"

文学常识丛书

作者简介

　　洪迈(1123—1202 年)，南宋著名文学家，字景卢，号容斋，鄱阳(今江西波阳)人。绍兴进士，官至端明殿学士。他学识渊博，一生涉猎典籍颇多，被称为博洽通儒。撰著除《容斋随笔》外，还有志怪小集《夷坚志》，并编有《万首唐人绝句》等。

　　《容斋随笔》涉猎范围极广，经史典故、天文地理、轶闻异说、诸子百家之言及诗文语词，无所不包，其中对经史艺哲，考订博录，卓有独见。该书一问世便受到了当时的最高统治者宋孝宗赵慎的称誉，从此成为历代皇家必藏的珍籍，千百年来一直为学界津津乐道。

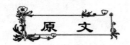

诗词改字

　　王荆公①绝句云:"京口②瓜州③一水间,钟山④只隔数重山。春风又绿⑤江南岸,明月何时照我还?"吴中士人⑥家藏其草。初云"又到江南岸",圈去"到"室,注曰:"不好,改为'过',复圈去而改为'入'。旋⑦改为'满'。凡如是十许⑧字,始定为'绿'。"黄鲁直⑨诗:"归燕略⑩无三月事,高蝉正⑪用一枝鸣。""用"字初曰"抱",又改曰:"占",曰"在",曰"带",曰"要",至"用"字始定。予⑫闻钱伸仲⑬大夫如此。

　　①王荆公:即王安石,宋代著名政治家、思想家、文学家。宋神宗时任宰相,推行新法。因封荆国公,所以人和称王荆公。

　　②京口:即现在的江苏省镇江市。

　　③瓜州:现在江苏省扬州西南四十公里的江滨。

　　④钟山:现在江苏省南京市,也叫紫金山。

　　⑤绿:形容词使动用法,使……绿。

　　⑥吴中士人:吴中即苏州,士人,读书人。

　　⑦旋:副词,不久。这里指随后,跟着。

　　⑧许:表约数,译作"多""来"。

⑨黄鲁直：即黄庭坚，字鲁直，宋代著名诗人，散文家。

⑩略：副词，大略。

⑪用：动词，借用、凭借。

⑫予：代词，我。

⑬钱伸仲：钱绅，字伸仲，宋朝无锡人。

译　文

　　王安石有一首七言绝句写道："京口与瓜州被一水间隔，眺望钟山好似只隔着几道山岭。春风吹拂给江南沿岸染上了新绿，明月什么时候才能照耀着送我返回故乡。"苏州的一位文人家中收藏着原诗的底稿，起初写为"又到江南岸"，划圈删掉"到"字，在诗文旁批注到"不好"，改写为"过"。又圈掉而改作"入"。随后又改作"满"。总共照这样修改前后选用了十多个字，最终才确定为"绿"字。

　　黄庭坚有一首诗写到：秋分时光要飞回南方的燕子，约略已没有三月间衔泥筑巢之类繁忙的事了；高高地栖止在树上的蝉，正用（凭借着）一根枝条鸣叫。诗中的"用"字起初写作"抱"，又改为"占"，改为"在"，改为"带"，改为"要"，直到"用"字才最终定下。我是从钱伸仲大夫那里听说写诗的经过就是这样的。

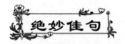

绝妙佳句

　　春风又绿江南岸，明月何时照我还？

作者简介

　　肖德藻(萧德藻),字东夫,号"千岩居士",闽清(今属福建)人,生卒年不详。绍兴二十一年(1151 年)进士。乾道中曾为乌程县(今浙江湖州)令,于是把家安在乌程。

　　肖德藻的诗曾著名一时,杨万里把他与尤袤、陆游、范成大并称为"尤肖范陆四诗翁"。

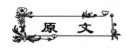

吴五百

　　吴名恚①，南兰陵②为寓言靳③之曰：淮右浮屠客吴，日饮于市，醉而狂，攘臂突市人，行者皆避。市卒以闻吴牧④，牧录而械之，为符移⑤授五百⑥，使护而返之淮右。五百诟浮屠曰："狂髡⑦，坐尔乃有千里之役，吾且尔苦也。"每未晨，蹴之即道，执扑⑧驱其后，不得休；夜则絷其足。至奔牛埭，浮屠出腰间金市斗酒，夜，醉五百而髡其首，解墨衣衣之，且加之械而絷焉，颓壁而逃。明日，日既昳⑨，五百乃醒，寂不见浮屠，顾壁已颓。曰："嘻，其遁矣！"既而视其身之衣则墨，惊循其首则不发，又械且絷，不能出户，大呼逆旅中曰："狂髡故在此，独失我耳！"

　　客每见吴人辄道此，吴人亦自笑也。

　　千岩老人曰："是殆⑩非寓言也，世之失我者岂独吴五百哉！生而有此我也，均也，是不为荣悴有加损焉者也。所寄以见荣悴，乃皆外物，非所谓傥⑪来者邪？曩悴而今荣，傥来集其身者日以盛，而顾揖步趋，亦日随所寄而改，曩与之处者今视之良非昔人，而其自视亦殆非复故我也。是其与吴五百果有间否哉？吾故人或骎骎华要，当书此遗之。"

131

注 释

①惷:音 chōng,蠢。吴地的人以蠢闻名。

②南兰陵:作者世居兰陵,后迁居江南。故自称南兰陵。

③靳:讥笑,奚落。

④牧:官名,州、郡长官。

⑤符:凭证。移:平级公文的名称。

⑥五百:衙门中的差役。

⑦髡:音 kūn,旧时对僧徒的贱称。

⑧扑:板子。

⑨昳:音 dié,太阳过午偏西。

⑩殆:大概,恐怕。

⑪儃:暗昧不明。引申为不清不楚。

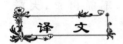

译 文

　　吴地以人蠢著名,本人作寓言而讽之曰:淮西的一个和尚旅游来到吴地,白天在街市上喝酒,醉后发狂,搂胳膊挽袖子在街市人群中横冲直撞,行人都纷纷避让。街市的衙役禀报吴地的长官,长官将他的罪行记录在案并给他戴上枷锁,写了公文交给差役,派他押送和尚返回淮西。差役辱骂那和尚道:"狂僧,因为你要我出这千里的差,我将要让你吃苦。"每天还没到早晨,就踢和尚起来上路,拿着扳子在后面驱赶,不让休息;晚上就绑起他的脚。(这天)来到奔牛埭,和尚拿出(自己)口袋的钱买了一斗酒,晚上,灌醉差役并剃去他的头发,脱下黑色的囚衣给他穿上,并且给他戴上枷锁绑好(脚),推倒墙壁逃跑。第二天,太阳偏西时,差役醒来,寂静无声不见了和尚,看墙壁已经倒了。(自言自语)道:"啊,他逃跑了!"然而看自己身上的衣服却是黑色的囚衣,顺手摸到自己的脑袋发现没有头发,自己戴着枷锁还被绑着,无法出门,大喊在旅店中喊道:"狂僧还在这里,唯独把我给丢了啊!"

客人每每看到吴人就说这件事,吴人自己也发笑。

我(感叹)道:"这大概不是寓言吧,世上失去自我的又岂只吴地的差役啊!生而有我,是人人平等的事,这不会因为荣耀或落寞而有所增加和减损的。借以显示荣耀和落寞的,都是身外之物,不会是所谓的稀里糊涂得来的吧?原先落寞如今荣耀,不知不觉聚集到他的身上而日益旺盛,那么顾盼之间、举手投足,也每日随之而改变,过去和现今看上去的确不是从前那个人了,而他自己看自己大概(认为)也不再是原来的身份啊。那么他和吴地的那差役果然有什么差别吗?我的故人有的很快就华贵显要了;应当写这些文字赠送给他们。"

是殆非寓言也,世之失我者岂独吴五百哉!生而有此我也,均也,是不为荣悴有加损焉者也。所寄以见荣悴,乃皆外物,非所谓傥来者邪?

作品简介

　　《事林广记》门类广泛，天文、地理、政刑、社会、文学、游艺，无所不包。它的特点有二：一是包含较多的市井状态和生活顾问材料，例如收录当时城市社会中流行的"切口语"和各种告状纸的写法以及运算用的"累算数法""九九算法"等。二是插图很多，其中的"北双陆盘马制度""圆社摸场图"等，是对于宋代城市社会生活情景的生动描绘。它开辟了后来类书图文兼重的途径，明代的《三才图会》、清代的《古今图书集成》都受其影响。

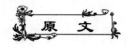

秦士好古

　　秦朝有一士人,酷好古物,价虽贵必求之。一日,有人携败席踵门告曰:"昔鲁哀公命席以问孔子,此孔子所坐之席。"秦士大惬意,以为古,遂以附郭田易之。

　　逾时,又一人持古杖以售之,曰:"此乃太王避狄,杖策去豳时所操之棰也,盖先孔子之席数百年,子何以偿我?"秦士倾家资与之。

　　既而又有人持朽椀一只,曰:"席与杖皆未为古,此椀乃桀造,盖又远于周。"秦士愈以为远,遂虚所居之宅而予之。

　　三器既得,而田资罄尽,无以衣食,然好古之心,终未忍舍三器,于是披哀公之席,把太王之杖,执桀所作之椀,行丐于市,曰:"衣食父母,有太公九府钱,乞一文!"

135

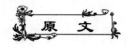
　　①踵门:亲自来到他家里。

　　②太王:周文王的祖父。

　　③豳:音 bīn,地名。在今陕西旬邑县西。

　　④盖:胜过。

　　⑤椀:同"碗"。因为竹木所制,所以会朽。

⑥太公：姜太公。

⑦九府：大府、玉府、内府、外府、泉府、天府、职内、职金、职币。全是周代掌管财币的官府。

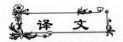

秦朝有一位学士，酷爱古物，价格（再）贵的东西（也）必定要买。一天，有人拿了张破席子亲自登门告诉他说："从前鲁国的哀公设席请孔子坐下来请教，这就是孔子所坐的席子。"秦国的学士非常开心，认为（这席子）是古物，就用城附近的田交换了。

过了些时候，又有一个人拿了根古代的手杖来卖给他，说："这是周文王的祖父躲避到北方少数民族聚居区时，拄着拐杖去幽时所用的手杖，比孔子的席子早几百年，您给什么我作为报酬？"秦国学士付出家里全部的资产给他。

接着又有一个人拿了只朽烂的碗，说："席子和手杖都不算古，这碗乃是桀做的，比周朝更久远。"秦国的学士认为更古老，就腾出所居住的宅子给了他。

三件器物已经得到，但是田地资产全部没了，没有了衣食的着落，但（由于）好古的心，终究不忍心舍弃三件器物，于是披着哀公的席子，拄着太王的手杖，端着桀做的碗，在市场上行乞，说："各位衣食父母，有太公时期九府的钱，请给一文！"

于是披哀公之席，把太王之杖，执桀所作之椀，行丐于市，曰："衣食父母，有太公九府钱，乞一文！"

作者简介

刘基(1311—1375年),明初大臣、文学家。字伯温,浙江青田人。元至顺间举进士,博通经史,尤精象纬之学,时人比之诸葛亮。至正十九年(1359年),朱元璋下处州,闻刘基及宋濂等名,次年礼聘而至。参与谋划平定陈友谅、张士诚与北伐中原等军事大计。吴元年(1367年)为太史令,不久,拜御史中丞兼太史令。朱元璋即皇帝位后,他奏请设立军卫法,又请肃正纪纲,人惮其严。洪武三年(1370年)授弘文馆学士,封为诚意伯。刘基佐明太祖朱元璋平天下,太祖比之为张良,为政颇有知人之明。洪武四年,赐归。八年病卒(有传闻为太祖所杀),正德八年(1513年),加赠太师。刘基精通天文、兵法、数理等,尤以诗文见长。其文与宋濂齐名,诗与高启并称。诗文古朴雄放,不乏抨击统治者腐朽、同情民间疾苦之作。著有《郁离子》十卷,《覆瓿集》二十四卷,《写情集》四卷等,后均收入《诚意伯文集》。相传他作有《烧饼歌》,对后世之事多有预言。

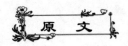

卖柑者言①

　　杭有卖果者，善藏柑，涉寒暑不溃②，出之烨然③，玉质而金色④。置于市，贾十倍⑤，人争鬻之⑥。予贸得其一⑦，剖之，如有烟扑口鼻；视其中，则干若败絮⑧。予怪而问之曰："若所市于人者⑨，将以实笾豆⑩，奉祭祀，供宾客乎？将炫外以惑愚瞽也⑪？甚矣哉为欺也！"

　　卖者笑曰："吾业是有年矣⑫，吾赖是以食吾躯⑬。吾售之，人取之，未尝有言，而独不足子所乎⑭？世之为欺者不寡矣，而独我也乎？吾子未之思也⑮。今夫佩虎符、坐皋比者⑯，洸洸乎干城之具也⑰，果能授孙、吴之略耶⑱？峨大冠、拖长绅者⑲，昂昂乎庙堂之器也⑳，果能建伊、皋之业耶㉑？盗起而不知御，民困而不知救，吏奸而不知禁，法斁而不知理㉒，坐糜廪粟而不知耻㉓。观其坐高堂，骑大马，醉醇醴而饮肥鲜者㉔，孰不巍巍乎可畏，赫赫乎可象也㉕？又何往而不金玉其外、败絮其中也哉！今子是之不察，而以察吾柑！"

　　予默默无以应。退而思其言，类东方生滑稽之流㉖。岂其愤世嫉邪者耶？而托于柑以讽耶㉗？

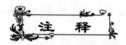

注　释

①本文以寓言讽世，取喻贴切，议论犀利。"金玉其外，败絮其中"，已成经典话语。

②涉：经过。溃：腐烂。

③烨然：色彩新鲜的样子。

④玉质而金色：柑子的表皮滋润如玉，色泽黄亮。

⑤贾：同"价"，即价钱。

⑤鬻(yù)：购买。

⑦贸：买。

⑧败絮：破旧的棉絮。

⑨若：代词，你。市：卖。

⑩实笾(biān)豆：盛在祭祀或宴会时用的容器里。笾豆，古代祭祀或宴会用的礼器。笾用竹制，盛果脯等。豆用木制，也有铜制或陶制的，盛菹酱等。

⑪炫：同"炫"，炫耀。

⑫业是：以这个为职业，即做这样的买卖。

⑬食(sì)吾躯：养活我自己。

⑭不足子所：不能满足你的要求。所：意愿。

⑮吾子：对对方的尊称。

⑯虎符：古代调兵遣将的凭证，虎形。皋比(pí)：披在椅子上的虎皮，这里指武将的座席。

⑰洸(guāng)洸：威武的样子。《诗经·大雅·江汉》："江汉汤汤，武夫洸洸。"干城之具：保卫国家的将才。《诗经·周南·兔罝》："纠纠武夫，公侯干城。"具：才具。

⑱孙、吴:指春秋时的孙武和战国时的吴起。孙武,字长卿,齐国人,曾辅吴王阖闾西破强楚,北威齐晋,著有《孙子兵法》。吴起,卫国左氏(今山东曹县北)人。曾为鲁将,大破齐军;后为魏将,"击秦,拔五城",封西河守;复奔楚,实行变法,使楚国富兵强,北胜魏国,南收扬越,取得苍梧。

⑲峨大冠:戴着高耸的帽子。峨:高耸。拖长绅:垂挂着长长的衣带。绅:古代士大夫在衣外束的带子。大冠、长绅均是文官的装束。

⑳昂昂:轩昂自负的样子。庙堂之器:朝廷中善于理政的人才。

㉑伊、皋:伊尹和皋陶(yáo)。伊尹:名挚,商朝名臣。皋陶:虞舜时贤臣。业:功业。

㉒法斁(dù):法律、法令败坏。理:整顿。

㉓坐糜廪粟:白白地耗费国家的俸禄。糜:耗费。廪粟:官府给大臣的薪俸。

㉔醇醴:味道醇厚的美酒。饫(yù)肥鲜:饱食肥美鲜香的食品。饫:饱食。

㉕巍巍:高大的样子。赫赫:显耀的样子。象:法式、楷模。《楚辞·九章·桔颂》:"行此伯夷,置以为象兮。"

㉖类:类似。东方生:即东方朔,字曼倩,汉武帝时为金马门侍中,常以滑稽的言谈讽谏皇帝,褚少孙把他的事迹补入《史记·滑稽列传》。滑(gǔ)稽:风趣多智。

㉗"岂其"二句:莫非他是个不满现实、痛恨邪恶的人,在假借柑子进行讽谕吧?

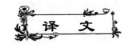

杭州有个果贩子,很会贮藏柑子。虽然经过一冬一夏,柑子仍然不会

腐烂，拿出来还那么鲜灵灵的，质地像玉一样晶莹洁润，皮色金光灿灿。可是剖开来一看，中间却干枯得像破棉败絮一般。我很奇怪，就问他："你卖柑子给人家，是打算让人家放在笾豆之中供祭祀用呢，还是拿去待嘉宾用呢？或者只不过用这种漂亮的外观去迷惑笨拙、盲目的人上当呢？你这样骗人也太过分了！"

卖柑子的笑着说："我卖这样的柑子已经好多年了，靠着这一营生过活。我卖它，人们买它，从来没听到什么闲言碎语，为什么偏偏只有您不满意而忿忿不平呢？世上骗人的事多着呢，难道只有我一个吗？我的先生，您不想想看！当今佩戴虎符，高坐在虎皮交椅上，那些威严的武将，像是在保卫家国，他们真的就像孙武、吴起那样有韬略吗？那些峨冠博带的文臣，很像是气宇轩昂的栋梁之材，真的能像伊尹、皋陶那样建功立业吗？盗贼四起，他们不懂怎样抵御剿灭，生灵涂炭，他们不知怎样赈济解救；官吏枉法，他们无法挟制禁止；法纪败坏，他们不知该怎样整顿治理。白拿俸禄耗费国库而不知羞耻。你看他们，坐高堂，骑骏马，沉醉于醇醲，饱食着鱼肉。哪个不是威风八面令人望而生畏，气势显赫而不可一世！然而他们又何尝不是外表似金如玉，内里却是破棉败絮呢？如今您对于这些事视而不见，却专门来挑剔我的柑子！"

我默默地无以回答，回来后细细考虑他的话，觉得他很像诙谐滑稽的东方朔一类人物。莫非他果真是个愤世嫉俗的人，是借柑子来讽刺世事的吗？

绝妙佳句

金玉其外，败絮其中。

141

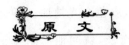
常羊学射

　　常羊学射于屠龙子朱①。屠龙子朱曰:"若欲闻射道乎②楚王田于云梦③,使虞人起禽而射之④。禽发⑤,鹿出于王左,麋交于王右⑥。王引弓欲射⑦,有鹄拂王旃而过⑧,翼若垂云⑨。王注矢于弓⑩,不知其所射。养叔进曰:'臣之射也,置一叶于百步之外而射之,十发而十中,如使置十叶焉,则中不中非臣所能必矣⑪。'"

注　释

①射:射箭。

②若:你。道:道理。

③田:同"畋",打猎。云梦:古代湖泽名,泛指春秋战国时楚王的游猎区。

④虞(yú)人:古代管山泽的小官吏。起:赶起。

⑤发:跑出来。

⑥交:交错。

⑦引弓:拉弓。

⑧鹄(hú):天鹅。旃(zhān):赤鱼的曲柄旗。

⑨垂云:低垂下来的云彩。

⑩注矢于弓:把箭搭在弓上。注:附着。

⑪必：一定，必然，肯定。

译　文

　　常羊拜屠龙子朱为师学习射箭。屠龙子朱问："你想知道射箭的道理吗?"常羊说："请您指教。"屠龙子朱没有正面回答，却给常羊讲了一个故事："有一次，楚王到云梦泽打猎。他让手下人把豢（huàn）养的禽兽全部驱赶出来，供自己射猎。一时间，天空禽鸟齐飞，满地野兽奔逐。几只梅花鹿在楚王的马左蹦跳，一群麋（mí）鹿在楚王的马右追逐。楚王举弓搭箭，一会儿对准鹿，一会儿对准麋，正想放箭，一只天鹅又扇动两只大翅膀从楚王的头上掠过，馋得他又把弓箭指向空中。就这样，楚王瞄了半天，一箭没放，不知道该射哪个好了。这时候，有个叫养叔的大夫对楚王说："我射箭的时候，把一片树叶放在百步之外，射十次中十次。如果放上十片叶子，那么能不能射中，就很难说了。"常羊听了，连连点头，从中受到了很大的启发。

精彩评析

　　做任何事情都必须专心致志，集中一个主要目标。三心二意，左顾右盼，是学习和工作的大敌。

作者简介

　　宋濂(1310—1381年)，字景濂，号潜溪，浦江(现在浙江省义乌县一带)人。明初文学家。他年少时受业于元末古文大家吴莱、柳贯、黄溍等。元朝至正九年，召他为翰林院编修，因为年老不仕，隐居龙门山著书。明初，证他作江南儒学提举，让他为太子讲经，修《元史》，官至翰林学士承旨、知制诰，朝廷的重要文书，大都由他参与撰写。年老辞官回乡。不久，因长孙宋慎列入胡维庸党，全家谪注茂州(现在四川省茂汶羌族自治县一带)，中途病死于夔州(现在四川奉节)。宋濂与刘基、高启为明初诗文三大家，著有《宋学士文集》。

文学常识丛书

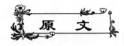

书 生 救 火

赵成阳堪其宫火①，欲灭之，无阶可升②。使其子胹假于奔水氏③。胹盛冠服④，委蛇而往⑤。既见奔水氏，三揖而后升堂，默坐西楹间⑥。奔水氏命傧者设筵⑦，荐脯醢觞胹⑧。胹起执爵啐酒⑨，且酢主人⑩。觞巳，奔水氏曰："夫子辱临敝庐⑪，必有命我者⑫，敢问⑬"胹方自曰⑭："天降祸于我家，郁攸是崇⑮，虐焰方炽⑯，欲缘高沃之⑰，肘弗加翼⑱，徒望宫而号⑲。闻子有阶可登，盍乞我⑳"奔水氏顿足曰㉑，"子何其迂也㉒！子何其迂也！饭山逢彪㉓，必吐哺而逃㉔，濯溪见鳄㉕，必弃履而走㉖。宫火已焰，乃子揖让时耶㉗"急舁阶从之㉘，至则官已烬矣㉙。

注 释

①宫：房屋，秦汉以后才专指帝王的宫殿。火：着火。

②阶：梯子。升：登。

③假：借。

④盛冠服：穿戴华丽。盛：丰美的意思。

⑤委蛇(wēiyí)：从容自得的样子。

⑥默坐西楹间：一声不响地坐在（客厅的）西面的柱子中间。楹(yíng)：柱子。

⑦傧者：迎接客人的人。

⑧荐脯(fǔ)醢(hǎi)觞(shāng)胹：给成阳胹敬酒夹肉。荐：进献。脯：干肉。醢：肉酱或鱼酱。觞：用酒招待客人。

⑨胹起执爵啐(cuì)酒：成阳胹起立，端着酒杯，尝了口酒。爵酒杯。啐：尝。

⑩酢：音zuò，客人用酒回敬主人。

⑪夫子：古代对人的尊称。辱临：屈尊来临。敝庐：对自己家的谦称。

⑫命：命令。

⑬敢问：请问。

⑭白：下对上告诉，陈述。

⑮郁攸(yùyōu)是崇：火灾作崇。郁攸：火气。

⑯虐焰方炽：暴虐的火焰烧得正旺。

⑰欲缘高沃之：想登高浇灭大火。缘：沿，顺。沃：浇。

⑱肘(zhǒu)弗加翼：两肘没有长上翅膀。

⑲徒望宫而号：只能白白地望着房屋哭喊。号：大声喊叫。

⑳盍(hé)乞我：何不借给我盍。乞：借。

㉑顿足：跺脚。

㉒迂：迂腐。

㉓饭山逢彪：在山里吃饭遇到老虎。饭山：饭于山，在山中吃饭。彪：小虎。

㉔吐脯：音bǔ，吐出口中的食物。哺：口中含着的食物。

㉕濯(zhuó)溪(xī)见鳄：在河沟里洗脚看见鳄鱼。濯溪：濯于溪谷，在河沟里洗脚。濯：洗。

㉖履：鞋子。走：跑。

㉗乃子揖(yǐ)让时耶：是您作揖打躬的时候鸣揖让，宾客主人相见拱手

礼让。

㉘舁：音 yú，抬，扛。

㉙烬：音 jìn，物体燃烧后剩下的灰烬。

 **译 文**

　　赵国成阳堪(kān)家失火了。火苗窜上了房顶，但是家里没有梯子，全家人都很着急。成阳堪立即派他的儿子成阳朒(nù)到奔水氏家里去借梯子。成阳朒从小读书。书念得不怎样，但古时候读书人那套穷酸礼节却学得很到家。他立即换上一身出门作客的礼服，一摇三摆地到奔水氏家里去。见了奔水氏，连作三揖，然后登堂入室，毕恭毕敬地坐在客堂上。奔水氏以为成阳朒作客来了，立即让家人摆设酒宴欢迎。成阳朒也向主人敬酒还礼。喝完了酒，奔水氏问："您今天光临寒舍，一定有什么吩咐吧"成阳朒这才说明来意："不瞒您说，我们家飞来横祸，被天火烧着了房子，熊熊烈火，直窜屋顶。想要登高浇水，可惜两肩没有长上翅膀，全家人只能跳脚痛哭。听说您家里有一架梯子，不知道能不能借我一用"说罢，连连打躬作揖。奔水氏听后，急得直跺脚："你也太迂腐了！迂腐透了！如果在山里吃饭碰上老虎，一定会急得吐掉食物逃命；如果在河里洗脚看见鳄鱼，一定会急得扔掉鞋子逃跑。家里烈火已经上房，现在是你打躬作揖的时候吗！"奔水氏扛上梯子就住成阳朒家里跑。但是，成阳朒家的房屋早已烧成灰烬了。

147

精彩评析

　　做事情要分清主次，雷厉风行，讲究效率，讲究速度。虚伪的客套，迂腐的旧习，拖拉的行为都会误事。

作者简介

　　唐甄(1630—1704年),清初具有启蒙民主主义思想的代表人物之一。初名大陶,字铸万,号圃亭,四川达州(今四川达县)人。曾作过知县,后改途经商。唐甄以激烈抨击封建专制主义著称。他的法律思想也表现了反对以贵凌贱、主张刑先于贵的精神。晚年,在清朝专制统治的高压下思想趋于保守,通过讲学论道宣传唯心主义的"心归于寂",陷入了自我麻痹的境地。著有《潜书》。

楚人患眚

楚人有患眚①者，一日谓其妻曰："吾目幸矣，吾见邻屋之上大树焉。"其妻曰："邻屋之上无树也。"祷于湘山，又谓其仆曰："吾目幸矣，吾见大衢焉。纷如②其间者，非车马徒旅乎？"其仆曰："所望皆江山也，安有大衢？"

夫无树而有树，无衢而有衢，岂目之明哉？目之病也！不达而以为达，不贯③而以为贯，岂心之明哉？心之病也！

149

① 眚：音 shěng，眼睛长白翳。

② 纷如：乱哄哄的样子。

③ 贯：透，透彻。

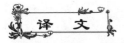

楚地有个得眼角膜病的人，一天对他的妻子说："我眼睛好了，我看见邻居家屋上的大树。"他的妻子说："邻居家屋上没有树啊。"在湘山拜神许愿（时），（他）又对他的仆人说："我眼睛好了，我看见大道啦。那大道上乱纷纷的，不是车马游客吗？"他的仆人说："所望见的都是江山，哪有大道？"

没有树而说有树，没有大道而说有大道，难道是眼睛明亮吗？（心灵）不通达而以为通达，（观察）不透彻而以为透彻，难道是心里明白吗？是心里有病啊！

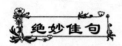

不达而以为达，不贯而以为贯。

文学常识丛书

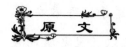

毛遂自荐

秦之围邯郸，赵使平原君求救，合从于楚，约与食客门下有勇力文武备具者二十人偕。平原君曰："使文能取胜，则善矣。文不能取胜，则歃血于华屋之下，必得定从而还。士不外索，取于食客门下足矣。"得十九人，余无可取者，无以满二十人。门下有毛遂者，前，自赞于平原君曰："遂闻君将合从于楚，约与食客门下二十人偕①，不外索。今少一人，愿君即以遂备员而行矣。"平原君曰："先生处胜之门下几年于此矣？"毛遂曰："三年于此矣。"平原君曰："夫贤士之处世也，譬②若锥之处囊中，其末立见。今先生处胜之门下三年于此矣，左右未有所称诵，胜未有所闻，是先生无所有也。先生不能，先生留。"毛遂曰："臣乃今日请处囊中耳。使遂蚤得处囊中，乃颖脱而出，非特其末见而已。"平原君竟与毛遂偕。十九人相与目笑之而未废也。

毛遂比至楚，与十九人论议，十九人皆服。平原君与楚合从，言其利害，日出而言之，日中不决。十九人谓毛遂曰："先生上。"毛遂按剑历阶而上，谓平原君曰："从之利害，两言而决耳。今日出而言从，日中不决，何也？"楚王谓平原君曰："客何为者也？"平原君曰："是胜之舍人也。"楚王叱曰："胡不下！吾乃与而君言，汝何为者也！"毛遂按剑而前曰："王之所以叱遂者，以楚国之众也。

今十步之内，王不得恃楚国之众也，王之命县于遂手。吾君在前，叱者何也？且遂闻汤以七十里之地王天下，文王以百里之壤而臣诸侯，岂其士卒众多哉，诚能据其势而奋其威。今楚地方五千里，持戟百万，此霸王之资也。以楚之强，天下弗能当。白起③，小竖子耳，率数万之众，兴师以与楚战，一战而举鄢郢，再战而烧夷陵，三战而辱王之先人。此百世之怨而赵之所羞，而王弗知恶焉。合从者为楚，非为赵也。吾君在前，叱者何也？"楚王曰："唯唯，诚若先生之言，谨奉社稷而以从。"毛遂曰："从定乎？"楚王曰："定矣。"毛遂谓楚王之左右曰："取鸡狗马之血来。"毛遂奉铜盘而跪进之楚王曰："王当歃血而定从，次者吾君，次者遂。"遂定从于殿上。毛遂左手持盘血而右手招十九人曰："公相与歃此血于堂下。公等录录④，所谓因人成事者也。"

平原君已定从而归，归至于赵，曰："胜不敢复相士。胜相士多者千人，寡者百数，自以为不失天下之士，今乃于毛先生而失之也。毛先生一至楚，而使赵重于九鼎大吕。毛先生以三寸之舌，强于百万之师。胜不敢复相士。"遂以为上客。

注　释

①偕：一同（前往）。

②譬：好像。

③白起：战国时秦国名将，又称公也起。

④录：通"碌"。

译文

　　秦兵围困邯郸的时候,赵国派遣平原君请求救兵,到楚国签订"合纵"的盟约。平原君约定与门下既有勇力又文武兼备的食客二十人一同(前往)。平原君说:"假如用和平方法能够取得成功就太好了;假如和平方法不能取得成功,那么,(我)就在华屋之下用'歃血'的方式,也一定要'合纵'盟约签定再返回。随从人员不到外边去寻找,在门下的食客中选取就够了。"平原君找到十九个人,其余的人没有可以选取的,没办法补满二十人(的额数)。门下有(一个叫)毛遂的人,走上前来,向平原君自我推荐说:"毛遂(我)听说先生将要到楚国去签订'合纵'盟约,约定与门下食客二十人一同(前往),而且不到外边去寻找。现在还少一个人,希望先生就以(我)毛遂凑足人数出发吧!"平原君说:"先生来到(我)赵胜门下到现在(有)几年了?"毛遂说:"到现在(有)三年了。"平原君说:"贤能的士人处在世界上,好比锥子处在囊中,它的尖梢立即就要显现出来。现在,处在(我)赵胜的门下已经三年了,左右的人们(对你)没有称道(的话),赵胜(我)也没有听到(这样的)赞语,这是因为(你)没有什么才能的缘故。先生不能(一道前往),先生请留下!"毛遂说:"我不过今天才请求进到囊中罢了。如果我早就处在囊中的话,(我)就会像禾穗的尖芒那样,整个锋芒都会挺露出来,不单单仅是尖梢露出来而已。"平原君终于与毛遂一道前往(楚国)。那十九个人互相用目光示意嘲笑他却都没有说出来。

　　毛遂到了楚国,与十九个人谈论,十九个人都折服了。平原君与楚国谈判"'合纵'的盟约,(反复)说明"合纵"的利害关系,从太阳出来就阐述这些理,到太阳当空时还没有决定,那十九个人对毛遂说:

"先生上去!"毛遂手握剑柄登阶而上,对平原君说:"'合纵'的利害关系,两句话就可以决定。今天,太阳出来就谈论'合纵',日到中天还不能决断,(这是)为什么?"楚王对平原君说:"这个人是干什么的?"平原君说:"这是(我)赵胜的舍人。"楚王怒斥道:"为什么不下去?我是在同你的君侯说话,你算干什么的?"毛遂手握剑柄上前说道:"大王(你)敢斥责(我)毛遂的原因,是由于楚国人多。现在,十步之内,大王(你)不能依赖楚国人多势众了,大王的性命,悬在(我)毛遂的手里。我的君侯在眼前,(你)斥责(我)是为什么?况且,毛遂(我)听说汤以七十里的地方统一天下,文王以百里的土地使诸侯称臣,难道是由于(他们的)士卒众多吗?实在是由于(他们)能够凭据他们的条件而奋发他们的威势。今天,楚国土地方圆五千里,持戟的士卒上百万,这是霸王的资业呀!以楚国的强大,天下不能抵挡。白起,不过是(一个)小小的竖子罢了,率领几万部众,发兵来和楚国交战,一战而拿下鄢、郢,二战而烧掉夷陵,三战而侮辱大王的祖先。这是百代的仇恨,而且是赵国都感到羞辱的事,而大王却不知道羞耻。'合纵'这件事是为了楚国,并不是为了赵国呀。我的君主在眼前,(你)斥责(我)干什么?"楚王说:"是,是!实在像先生说的,谨以我们的社稷来订立'合纵'盟约。"毛遂问:"合纵'盟约决定了吗?"楚王说:"决定了。"于是,毛遂对楚王左右的人说:"取鸡、狗和马的血来。"毛遂捧着铜盘跪着献给楚王,说:"大王应当歃血来签订'合纵'的盟约,其次是我的君侯,再次是(我)毛遂。"于是毛遂在宫殿上签定了'合纵'盟约。毛遂左手拿着铜盘和血,而用右手招唤那十九个人说:"先生们在堂下相继歃血。先生们碌碌无为,这就是人们所说的依赖别人而办成事情的人啊。"

平原君签订"合纵"盟约之后归来,回到赵国,说:"赵胜(我)不敢再鉴

文学常识丛书

选人才了。赵胜（我）鉴选人才，多的千人，少的百人，自以为没有失去天下的人才；今天却在毛先生这里失去了。毛先生一到楚国，就使赵国的威望高于九鼎和大吕。毛先生用三寸长的舌头，强似上百万的军队。赵胜（我）不敢再鉴选人才了。"于是把毛遂作为上等宾客对待。

臣乃今日请处囊中耳。使遂蚤得处囊中，乃颖脱而出，非特其末见而已。